dirigée par André Vanasse

Volkswagen Blues

<u>Volkswagen Blues</u>

Jacques Poulin

roman

ÉDITIONS QUÉBEC/AMÉRIQUE

425, rue Saint-Jean-Baptiste, Montréal, Québec H2Y 2Z7 (514) 393-1450

Données de catalogage avant publication (Canada)

Poulin, Jacques, 1937-

   Volkswagen blues

   (Collection Littérature d'Amérique).
   Éd. originale: 1984.

   ISBN 2-89037-471-8

   I. Titre. II. Collection.

PS8531.094V64 1989   C843'.54   C89-096325-8
PS9531.094V64 1989
PQ3919.2.P68V64 1989

Dépôt légal:
Bibliothèque nationale du Québec
Bibliothèque nationale du Canada
3e trimestre 1989
ISBN 2-89037-471-8

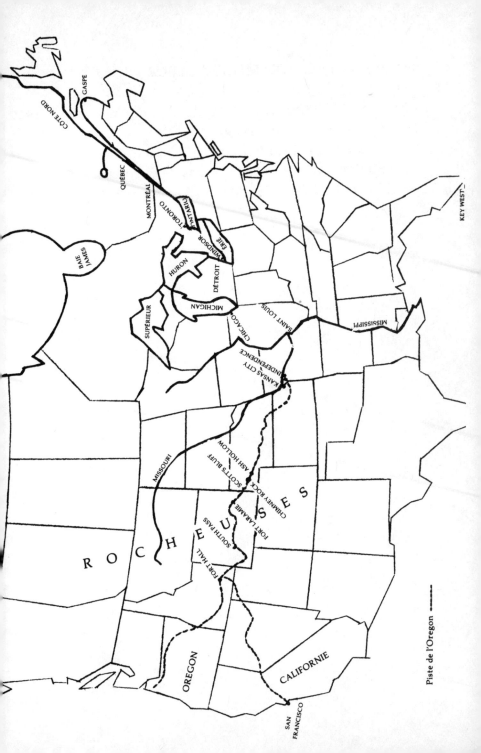

Piste de l'Oregon ----

DU MÊME AUTEUR

MON CHEVAL POUR UN ROYAUME, Éditions du Jour, 1967
JIMMY, Éditions du Jour, 1969
LE CŒUR DE LA BALEINE BLEUE, Éditions du Jour, 1971
FAITES DE BEAUX RÊVES, Éditions de l'Actuelle, 1974
LES GRANDES MARÉES, Éditions Leméac, 1978

1

JACQUES CARTIER

Il fut réveillé par le miaulement d'un chat.

Se redressant dans son sac de couchage, il écarta le rideau qui obstruait la fenêtre arrière du minibus Volkswagen : il vit une grande fille maigre qui était vêtue d'une robe de nuit blanche et marchait pieds nus dans l'herbe en dépit du froid ; un petit chat noir courait derrière elle.

Il tapota la vitre sans faire trop de bruit et le chat s'arrêta net, une patte en l'air, puis se remit à courir. Les cheveux de la fille étaient noirs comme du charbon et nattés en une longue tresse qui lui descendait au milieu du dos.

En allongeant le cou, l'homme put voir qu'elle se dirigeait vers la section du terrain de camping qui était réservée aux tentes. Il quitta son sac de couchage, mit ses jeans et un gros chandail de laine parce qu'il était frileux, puis il ouvrit tous les rideaux du vieux Volks. Le soleil se levait et il y avait des bancs de brume sur la baie de Gaspé.

Il alla se laver et se raser dans les toilettes. Lorsqu'il revint, il n'y avait plus personne dans la section des tentes ; la fille avait disparu. Il ouvrit la porte à glissière du minibus et transporta sur la table à pique-nique son réchaud à gaz, sa bonbonne de propane et sa vaisselle en plastique. Il se prépara un jus d'orange, du corn flakes, des toasts et il fit bouillir de l'eau en quantité suffisante pour le café et la vaisselle. Quand il fut rendu au café, il se leva de table tout à coup et alla chercher, dans le coffre à gants du Volks, la vieille carte postale de son frère Théo. Il posa la carte contre le pot de marmelade et but son café à petites gorgées.

Lorsqu'il leva les yeux, l'homme vit que la brume s'était dissipée et que la baie de Gaspé était inondée de lumière. Il lava sa vaisselle, puis il remit toutes ses affaires dans le minibus et rabaissa le toit. Avant de partir, il fit les trois vérifications habituelles : la glace dans le frigo, l'huile du moteur et la courroie du ventilateur. Tout était normal. Il donna machinalement un coup de pied au pneu avant, du côté du chauffeur, puis il s'installa au volant. En quittant le terrain de camping, il tourna à gauche : la ville de Gaspé se trouvait à une distance d'environ cinq kilomètres.

Une côte assez raide l'obligea à rétrograder en troisième, puis en deuxième, et lorsqu'il arriva au sommet, il aperçut la grande fille maigre qui marchait au bord de la route. Elle était en partie dissimulée par un énorme havresac à montants tubulaires, mais il la reconnut tout de suite à ses cheveux très noirs et à ses pieds nus. Il fit exprès de rester en deuxième vitesse plus longtemps qu'il n'était nécessaire et, au grondement du moteur, la fille leva le pouce de la main gauche sans se retourner. Il la dépassa, immobilisa le Volks sur l'accotement de la route et fit clignoter ses feux d'urgence.

La fille ouvrit la portière.

Elle avait un visage osseux, le teint foncé, les yeux très noirs et légèrement bridés. Elle portait une robe blanche en coton.

— Bonjour! dit-elle.

— Je vais à Gaspé, dit l'homme. C'est pas loin, mais...

Il lui fit signe de monter.

Elle se défit de son havresac et le hissa sur le siège du passager. Le petit chat noir sortit d'une des poches, s'étira et grimpa sur le dossier du siège. Il était tout noir, avec le poil court, et il avait les yeux bleus. Il se mit à explorer le minibus. L'homme plaça le havresac entre les deux sièges. La fille monta dans le Volks, mais elle laissa la portière ouverte. Elle observait le chat et attendait qu'il eût terminé son exploration. Finalement, il vint se coucher sur ses genoux.

— Ça va, dit-elle, et elle ferma la portière.

Après un coup d'œil au rétroviseur, l'homme démarra.

Le Volks était très vieux et envahi par la rouille, mais le moteur tournait bien. C'était un moteur rénové. La fille était jeune. L'homme régla le chauffage pour qu'elle eût un peu d'air chaud sur les pieds. C'était le début de mai.

— Allez-vous loin? demanda-t-il.

— J'en sais rien, dit-elle. Mais d'abord il faut que j'aille au musée de Gaspé. Je connais quelqu'un et je veux lui dire bonjour.

— Moi, je vais à Gaspé, mais je ne sais pas exactement à quel endroit...

Il fit un grand geste dans le vide avec la main droite.

— Je cherche mon frère, dit-il finalement.

Il n'avait pas vu son frère depuis très longtemps : une quinzaine d'années, peut-être vingt, il ne se rappelait pas au juste. La dernière fois qu'il l'avait vu, c'était au Mont-Tremblant où ils avaient assisté à une course d'autos. Des Formules Un. Ensuite son frère était parti en voyage. Au début, il envoyait des cartes postales. Il devait se déplacer beaucoup, car les cartes venaient de toutes sortes d'endroits ; il en était arrivé une de Key West et une autre de la Baie James. Puis, au bout de quelques années, il avait cessé d'écrire. Il n'avait plus jamais donné signe de vie. La dernière carte postale était vraiment bizarre et le timbre avait été oblitéré à Gaspé.

— Regardez dans le coffre à gants, dit-il.

La fille prit la carte postale et l'examina. L'homme l'observait du coin de l'œil pour voir sa réaction. La carte montrait un paysage typique de la Gaspésie : un petit village de pêcheurs au creux d'une anse ; le texte qui se trouvait à l'endos était tout à fait illisible à l'exception de la signature : *Ton frère Théo.*

Camille Pouliot, *La grande aventure de Jacques Cartier*, p. 42.

— C'est une écriture ancienne, évidemment, dit la fille.

— Évidemment, dit l'homme en retenant son souffle.

— Les textes anciens sont toujours difficiles à lire, dit-elle très posément. Votre frère Théo, c'était un historien ou quelque chose du genre ?

— Il a fait des études en histoire, mais il n'a jamais travaillé dans ce domaine-là. Ni dans un autre domaine. Il n'aimait pas travailler. Ce qu'il aimait, c'étaient les voyages, les autos. Il faisait des petites jobs et quand il avait un peu d'argent, il partait en voyage.

La fille eut un léger sourire.

— Et physiquement, comment était-il ?

— Le contraire de moi : il était grand, un mètre quatre-vingt-dix, les cheveux... noirs comme vous et il ne se cassait pas la tête pour rien.

— Mais pourquoi le cherchez-vous *maintenant*, si c'est pas indiscret ? Après tout, la carte postale est très vieille...

— C'est vrai. J'avais mis la carte dans un livre et je l'avais oubliée. Je veux dire : je ne me souvenais plus dans quel livre elle était.

Il réfléchit un moment.

— Évidemment, ça ne répond pas à votre question.

— Vous n'êtes pas obligé.

— Bien sûr...

L'homme conduisait le Volks très lentement, en troisième vitesse. De temps en temps, il regardait dans le rétroviseur pour voir si quelqu'un s'impatientait derrière lui. Il n'y avait personne. Tout de même, il finit par s'arrêter au bord de la route et il coupa le contact.

— J'ai eu quarante ans la semaine dernière et...

Il secoua la tête.

— Mais non, c'est pas une question d'âge... Il y a des jours où vous avez l'impression que tout s'écroule... en vous et autour de vous, dit-il en cherchant ses mots. Alors vous vous demandez à quoi vous allez pouvoir vous raccrocher... J'ai pensé à mon frère. C'était mon plus grand chum autrefois. Je me suis demandé pourquoi il ne donnait plus de ses nouvelles et j'ai cherché la dernière carte qu'il m'avait envoyée. Finalement je l'ai retrouvée. Elle était dans un livre à couverture dorée qui s'appelle *The Golden Dream*. Un livre de Walker Chapman. Avez-vous lu ça?

— Non, dit la fille.

— En tout cas, c'est là que j'ai retrouvé la carte. Et comme elle avait été postée à Gaspé, même si ça fait longtemps...

— Je comprends.

— Aujourd'hui, je me sens vieux et ridicule.

La fille se remit à examiner la carte postale. Elle caressait distraitement la tête du petit chat qui dormait sur ses genoux.

— Vous vous appelez Jack? dit-elle en lisant le nom et l'adresse qui figuraient à la droite du texte.

— C'est comme ça que mon frère m'appelait. Quand on était petits, on se donnait des noms anglais et on trouvait que ça faisait beaucoup mieux!

— Moi, les gens m'appellent la Grande Sauterelle. Il paraît que c'est à cause de mes jambes qui sont trop longues.

Elle releva sa robe jusqu'aux cuisses pour lui montrer. Ses jambes étaient vraiment très longues et très maigres. Ensuite elle se replongea dans l'étude de la carte postale.

— On dirait que le dernier mot c'est *croix*, dit-elle.

Elle lui donna la carte.

— Vous avez peut-être raison, dit-il, mais ça ne pourrait pas être *voix*?

— Non.

— Pourquoi?

— Parce qu'il y a cinq lettres.

Il se mit à rire et elle le regarda sans comprendre.

— Excusez-moi, dit-il, mais je trouve qu'on a l'air de deux espèces de zouaves en train de déchiffrer une vieille carte au trésor!

— C'est un peu ça, dit-elle sans perdre son air sérieux. Si votre frère s'est donné la peine de faire imprimer un texte ancien sur une carte postale, j'imagine qu'il avait une idée derrière la tête. C'est une sorte de message qu'il vous envoyait, vous ne pensez pas?

Elle parlait très posément et c'était très agréable de l'entendre réfléchir tout haut.

— À moins que ce soit une blague, ajouta-t-elle.

— On ne peut pas savoir, dit-il. Théo ne faisait pas les choses comme tout le monde.

Il remit le moteur en marche.

— Si j'étais à votre place, dit la fille, j'irais au musée et je montrerais le texte au conservateur.

Il se tourna pour la regarder. Elle avait toujours le même air grave et réfléchi, mais elle penchait la tête de côté parce que le petit chat avait grimpé sur son épaule et s'était installé dans son cou.

*

*   *

— C'est ici, dit la Grande Sauterelle. Tournez à gauche.

Jack quitta la route et rangea le vieux Volks à côté du musée. C'était un immeuble de bois comprenant plusieurs sections disposées en étoile. Plus loin, sur une sorte de terre-plein, se dressaient un groupe de sculptures en métal noir semblables à des menhirs et portant des inscriptions ; il y avait aussi une grande croix de granit qui mesurait au moins neuf mètres de hauteur.

Ils descendirent du Volks. La fille laissa son chat à l'intérieur, mais elle ouvrit une fenêtre pour qu'il pût sortir s'il en avait envie.

— Il ne se perdra pas ? s'inquiéta l'homme.

— Non, dit-elle. Il aime se promener, mais il ne s'éloigne jamais.

Dans le hall du musée, une vieille femme lavait le parquet avec une vadrouille et un seau d'eau. La jeune fille s'avança vers elle et se mit à lui parler à voix basse. Jack contourna les flaques d'eau savonneuse et se dirigea vers le comptoir des renseignements, derrière lequel était assis un jeune homme qui semblait absorbé dans une lecture.

— Excusez-moi de vous déranger.

— Hein ? fit le jeune homme en levant la tête.

— Je voudrais un renseignement, s'il vous plaît.

— Quel genre de renseignement ?

— C'est à propos de ceci, dit Jack en lui montrant la carte postale.

Le jeune homme examina quelques instants le texte, jeta un coup d'œil au verso puis regarda le texte une nouvelle fois.

— Je ne comprends pas un mot là-dedans, déclara-t-il.

— Bien sûr, mais...

— Si vous le saviez d'avance, pourquoi m'avoir montré la carte ? coupa le jeune homme sur un ton impatient.

— C'est un texte ancien.

— *So what ?*

À ce moment, la Grande Sauterelle et la femme de ménage s'approchèrent du comptoir. Sans élever la voix, l'homme tenta d'expliquer :

— Je voulais vous demander des renseignements sur l'origine du texte...

— Je ne suis pas un expert en textes anciens, dit sèchement le jeune homme.

Il lui remit la carte postale avec un haussement d'épaules et il reprit sa lecture. Il lisait un album de *Superman*.

La Grande Sauterelle demanda :

— Savez-vous si le conservateur est à son bureau ?

— *Qui ?* fit le jeune homme sans lever les yeux.

— Le directeur du musée.

— Il est en voyage.

La femme de ménage essayait de voir la carte par-dessus l'épaule de Jack. Elle était petite et tout en rondeurs, et la couleur de sa peau ainsi que les traits de son visage montraient qu'elle était une Indienne.

— On peut voir ? fit-elle.

Il ne répondait pas, alors elle s'essuya les doigts sur sa blouse blanche et elle lui prit la carte des mains.

— Ça m'a tout l'air d'être l'écriture de Jacques Cartier, dit-elle.

Il y eut un long moment de silence. Quand elle vit que personne ne faisait de commentaires, la femme posa la carte postale sur le comptoir et retourna auprès du seau d'eau qu'elle avait laissé au milieu de la place.

— L'écriture de Jacques Cartier?... Qu'est-ce qui vous fait dire ça? demanda l'homme qui l'avait suivie pas à pas.

— C'est bien simple, dit-elle, votre texte ancien, c'est exactement le même que celui qui est dans la grande salle, et je ne peux pas me tromper parce que, tous les jours en faisant le ménage, je me trouve à épousseter les deux pancartes.

— Les *deux* pancartes? Alors il y a *deux* textes?

— Mais non. C'est le même texte sur les deux pancartes, excepté qu'il est écrit une fois en écriture ancienne comme la vôtre et une autre fois en écriture... ordinaire.

— Voulez-vous avoir l'obligeance de nous montrer ça? demanda-t-il vivement.

— Certainement. Venez par ici, mais faites attention où vous mettez les pieds.

Jack et la fille entrèrent dans la grande salle derrière la femme de ménage. Ils suivirent une sorte de couloir tracé par des câbles parallèles qui serpentaient entre divers objets étalés sur le sol, accrochés au mur ou exposés dans des armoires vitrées : outils, vêtements, armes, véhicules de transport, instruments de navigation, cartes et affiches... tout cela disposé selon un

ordre chronologique allant des origines de l'Amérique à
l'époque contemporaine.

Au fond de la grande salle, la femme de ménage
s'arrêta devant deux affiches géantes. Elle sortit machinalement un linge de sa poche et les épousseta.

— C'est ici, dit-elle simplement.

Ils virent tout de suite que le texte de l'affiche de
gauche était le même que celui de la carte postale et ils
se retournèrent aussitôt pour remercier la femme, mais
elle n'était plus là.

Sur l'affiche de droite, on pouvait lire : « Extrait de la
relation originale du premier voyage de Jacques Cartier ».
Et le texte, en caractères d'imprimerie, se lisait comme
suit :

Le XXIIIIᵉ jour dudict moys nous fismes faire vne croix
de trente piedz de hault, qui fut fete deuant pluseurs
d'eulx, sur la poincte de l'entrée dudit hable, soubz le
croysillon de laquelle mismes vng escusson en bosse à
troyes fleurs de lys, et dessus vng escripteau en boys en
grant, en grosse lettre de forme, où il y auoit « Vive le
Roy de France »; Et icelle croix plantasmes sur la dicte
poincte deuant eulx, lesquelz la regardèrent faire et
planter ; Et après qu'elle fut esleuée en l'air, nous mismes
tous à genoulz, les mains joinctes, en adorant incelle
deuant eulx et leurs fismes signe, regardant et leur
monstrant le ciel, que par icelle estoit nostre Redemption,
de quoy ilz firent plusieurs admyradtions, en tournant et
regardant icelle croix.

— C'est un bon texte et je suis content de l'avoir lu,
dit Jack, mais je ne sais pas si on est beaucoup plus
avancés...

— Je trouve qu'on fait des progrès, dit la Grande
Sauterelle. Maintenant il faut réfléchir un peu. Allons
faire un tour dehors ?

Ils relurent le texte de Jacques Cartier, puis ils
sortirent lentement de la grande salle en s'arrêtant ici et

là pour jeter un coup d'œil sur les pièces de l'exposition. Ils regardèrent en particulier une très grande et très belle carte géographique de l'Amérique du Nord où l'on pouvait voir l'immense territoire qui appartenait à la France au milieu du 18ᵉ siècle, un territoire qui s'étendait des régions arctiques au golfe du Mexique et qui, vers l'ouest, atteignait même les montagnes Rocheuses : c'était incroyable et très émouvant à regarder. Mais il y avait aussi une autre carte géographique, tout aussi impressionnante, qui montrait une Amérique du Nord avant l'arrivée des Blancs ; la carte était jalonnée de noms de tribus indiennes, des noms que l'homme connaissait : les Cris, les Montagnais, les Iroquois, les Sioux, les Cheyennes, les Comanches, les Apaches, mais également une grande quantité de noms dont il n'avait jamais entendu parler de toute sa vie : les Chastacostas, les Shumans, les Miluks, les Wacos, les Karankawans, les Timucuas, les Potanos, les Yuchis, les Coahuitlecans, les Pascagoulas, les Tillamooks, les Maidus, les Possepatucks, les Alseas, les Chawashas, les Susquehannas, les Calusas.

La fille s'attardait longuement devant la deuxième carte. Ses yeux étaient brillants et humides, et Jack comprit qu'il valait mieux la laisser toute seule un moment. Il revint dans le hall. La femme de ménage achevait d'essuyer le parquet. L'homme lui sera la main et la remercia de ses renseignements.

— Si vous avez le goût de vous reposer, dit-elle, vous pouvez aller vous asseoir à la bibliothèque. C'est le meilleur endroit pour avoir la paix et il y a toutes sortes de livres qui parlent de Jacques Cartier, si c'est ça qui vous intéresse.

— Merci encore, chère madame, dit-il.

— C'est rare que les gens me disent « chère madame », dit-elle avec un large sourire.

— Je vais aller prendre l'air et puis je reviendrai voir la bibliothèque.

*

* *

La Grande Sauterelle était venue le rejoindre avec le chat et ils avaient marché en silence jusqu'à l'extrémité de la bande de terre qui s'avançait dans la baie.

— Mettez-vous à la place de Théo, dit-elle.

Ils étaient dans un bois de bouleaux, la sorte d'arbre que l'homme préférait. La fille poursuivit :

— Vous arrivez au musée, vous visitez et, pour une raison que nous ne connaissons pas encore, il vous prend l'envie d'envoyer une carte postale dont le texte serait le récit de Jacques Cartier que vous venez de lire dans la grande salle. Alors qu'est-ce que vous faites ?

— J'achète une carte postale au comptoir, dit-il.

— D'accord. Et ensuite ?

— Ensuite j'apporte le texte à un imprimeur et je lui demande de le reproduire sur la carte postale, mais il y a un petit problème...

— Vous ne pouvez pas lui apporter l'affiche de la grande salle, évidemment.

— Évidemment.

— Alors ?

Il haussa les épaules.

— C'est simple, dit-elle. Vous allez à la bibliothèque.

— Pourquoi ?

— Pour chercher le livre d'où le texte a été tiré. Et quand vous l'avez trouvé, vous faites faire une photocopie et vous l'apportez à l'imprimeur.

— Ça me paraît logique, dit-il.

Il la regardait avec curiosité.

— Je ne sais pas comment vous faites pour avoir les idées aussi claires, dit-il. Dans ma tête, il y a une espèce de brume permanente et tout est embrouillé.

Quelques minutes plus tard, Jack était à la bibliothèque. La fille s'était arrêtée dans le hall pour dire un mot à la femme de ménage qui s'en allait. La bibliothèque était petite mais bien éclairée et il y avait une grande table, des chaises rembourrées et un fichier des titres et des auteurs. L'homme choisit plusieurs livres qui traitaient des voyages de Jacques Cartier et il s'assit à un bout de la table pour les examiner. Par la porte ouverte, il voyait la fille et la femme qui se tenaient dans les bras l'une de l'autre et parlaient tout bas. La fille était beaucoup plus grande que la femme, mais elles avaient les cheveux exactement de la même couleur.

Il feuilleta plusieurs livres et il venait juste de trouver le texte de Jacques Cartier lorsque la Grande Sauterelle le rejoignit. Il lui fit voir le texte, qui se trouvait dans un ouvrage de Joseph-Camille Pouliot, *La Grande Aventure de Jacques Cartier*, en page 43, avec la note suivante : «Fac-similé extrait de la relation originale du 1ᵉʳ voyage de Cartier contenant le récit de l'érection d'une croix dans la baie de Gaspé, le 24 juillet 1534.»

— J'aime beaucoup ce monsieur Pouliot! déclara la fille.

— C'était un juge, dit Jack.

— Alors, merci Votre Honneur!

Elle s'assit à l'autre bout de la table et se mit à réfléchir. Tout à coup elle se releva.

— J'ai une idée, dit-elle joyeusement.

— Encore?

— On va faire une petite expérience, mon cher Watson !

Elle prit le livre et entraîna Jack hors de la bibliothèque. Au comptoir des renseignements, le jeune homme buvait une tasse de café et fumait une cigarette.

Elle posa le livre ouvert devant lui.

— Je voudrais avoir une photocopie du fac-similé.

— Une photocopie du *quoi* ?

— Du texte qui est ici.

Elle mit le doigt sur le texte. Il regarda très attentivement l'écriture ronde et fantaisiste de Jacques Cartier.

— C'est drôle, j'ai l'impression d'avoir vu ça quelque part...

— Vous êtes très observateur, dit-elle.

— Merci beaucoup, dit-il. Malheureusement, il n'y a pas de photocopieuse au musée.

— Non ?

— Non.

— Alors comment on fait pour avoir une photocopie ?

— J'en sais rien, dit-il.

Sans se décourager, elle demanda :

— Êtes-vous étudiant ?

— Oui. Pourquoi ?

— À votre collège, il y a une photocopieuse, non ?

— Évidemment.

— Alors, qu'est-ce qui m'empêche de sortir ce livre et d'aller faire photocopier mon texte à votre collège ?

— Rien, dit-il.

Il réfléchit et ajouta :

— Vous pouvez sortir un livre du musée à la condition d'inscrire votre nom et votre adresse dans le cahier des visiteurs.

— Je n'ai pas bien compris, dit la fille avec une pointe d'émotion dans la voix. Vous avez dit : «Dans le cahier...?»

— ... le cahier des visiteurs, répéta le jeune homme.

Jack et la fille se regardèrent.

Le jeune homme sortit le cahier d'un tiroir et, l'ouvrant à la page du jour, il le plaça devant elle sans dire un mot.

Elle inscrivit son nom et son adresse à l'endroit qu'il lui indiquait.

— Et les vieux cahiers, ceux des années passées, qu'est-ce que vous en faites ? lui demanda-t-elle ensuite.

— On les garde, dit-il. On les range dans un classeur.

— Un musée, évidemment, c'est fait pour garder les vieilles choses...

Elle avait appuyé ses coudes sur le comptoir, juste en face de lui, et elle le regardait avec un sourire radieux.

— Est-ce qu'on pourrait jeter un petit coup d'œil sur les vieux cahiers, si ça ne vous dérange pas ?

Il avait l'air de se demander si elle était devenue folle.

2

LA LÉGENDE DE L'«ELDORADO»

Ils roulaient sur la 132.

C'était le milieu de l'après-midi. Le soleil de mai réchauffait l'intérieur du Volkswagen. Le chat était couché dans le coffre à gants et il dormait. La route suivait le littoral du golfe Saint-Laurent. Ils escaladaient des caps et dévalaient au fond des baies. Ils se relayaient au volant avec l'intention, dans la même journée si possible, de se rendre à Québec où l'homme demeurait.

Ils avaient laissé derrière eux plusieurs villages : Cap-des-Rosiers, Rivière-aux-Renards, l'Anse-à-Valleau... Jack était au volant. Il ne parlait pas beaucoup car le paysage était beau, mais à chaque village, il ne pouvait s'empêcher de redire l'étonnement qu'il avait éprouvé en lisant l'adresse de Théo dans le cahier des visiteurs.

— Non, mais tout de même... Saint Louis, Missouri !

Et il disait :

— C'est même pas une adresse complète !

Il ne comprenait pas. Saint Louis, Missouri. Non, mais vraiment... Pourquoi cette ville plutôt qu'une autre ? Pourquoi pas New York ? Pourquoi pas Miami ou Vancouver, ou encore Los Angeles ? Il ne savait même pas où la ville de Saint Louis était située exactement. En fait, il ne savait rien de cette ville, si ce n'est quelques noms d'équipes sportives : les Cardinals de Saint Louis au baseball, les Blues de Saint Louis au hockey...

La Grande Sauterelle fouillait dans le vide-poches qui se trouvait derrière le siège du chauffeur. Parmi un stock invraisemblable de cartes routières appartenant à l'ancien propriétaire du minibus, elle découvrit une carte des États-Unis. En se servant d'un crayon feutre, elle traça la route qui semblait être la plus normale pour aller de Gaspé à Saint Louis.

— Regardez ça, dit-elle. Ça ne vous dit pas quelque chose de spécial ?

Elle replia la carte en deux et la plaça sur le volant pendant que l'homme conduisait, et il put voir que le tracé remontait le cours du Saint-Laurent, passait par Québec et Montréal, se faufilait entre les Grands Lacs et tournait carrément vers le sud pour descendre le fleuve Mississippi jusqu'à la ville de Saint Louis.

— Ça me rappelle quelque chose, dit-il, mais c'est plutôt vague...

Il hésitait.

— Quelque chose que vous avez déjà vu dans les vieux manuels d'histoire du Canada ? insista-t-elle.

— C'est ça. Un tableau qui montrait les premières explorations des Français en Amérique. Est-ce que... ?

— Oui, c'est à ça que je pensais.

Ils arrivaient à l'Anse-Pleureuse.

Dans le village, Jack arrêta le Volks au bord de la route et ils descendirent un moment pour se dégourdir les jambes et pour donner au chat l'occasion de faire ce qu'il n'avait pas encore fait depuis le matin.

Ils marchèrent sur la grève. Ils se mirent à parler de Théo et l'homme raconta quelques souvenirs de l'enfance qu'ils avaient vécue, son frère et lui, dans une grande maison de bois située au bord d'une rivière, tout près de la frontière des États-Unis ; ensuite il évoqua plusieurs exploits des découvreurs et des explorateurs de la Nouvelle-France : Champlain, Étienne Brûlé, Jean Nicolet, Radisson, Louis Jolliet et le père Marquette, Cavelier de La Salle, d'Iberville et La Vérendrye.

Brusquement le visage de la fille se ferma et elle prit un air triste et buté. Ils regagnèrent le Volkswagen. Le chat reprit sa place dans le coffre à gants.

*

* *

La Grande Sauterelle donnait l'impression qu'elle avait passé toute sa vie au volant d'un minibus Volkswagen. Pour grimper les côtes, elle prenait un bon élan, elle rétrogradait juste au moment où le moteur allait se fatiguer, elle accélérait en franchissant le sommet, puis elle amorçait la descente en quatrième, elle prenait de la vitesse et, à l'approche d'une courbe, elle freinait à petits coups pour réduire le régime du moteur et elle passait en troisième afin d'utiliser la force de compression.

— J'aime beaucoup votre façon de conduire, dit Jack. Où avez-vous appris ?

L'air maussade, la fille regardait la route sans dire un mot. Au bout de quelques minutes, toutefois, elle répondit qu'elle avait appris avec son père.

— Il était camionneur, dit-elle. Il conduisait des camions sur la Côte Nord et à la Baie James. Quand j'étais petite, il me faisait conduire sur ses genoux. Une fois, il était malade et j'ai conduit un Mack de dix tonnes entre Baie-Comeau et la Manicouagan. Au début, il me regardait faire et il me donnait des conseils, puis il s'est couché sur le siège, enroulé dans une couverture, et il s'est endormi... Quand il s'est réveillé, on était rendus au cinquième barrage de la Manicouagan!

— Et vous aviez quel âge?

— Quinze ans.

Il siffla. Elle eut un bref sourire, mais son visage aussitôt se referma.

— Vous n'allez pas bien? demanda-t-il.

— C'est difficile à expliquer, dit-elle. Mais je vais essayer. Je suis née à La Romaine, sur la Côte Nord. Ma mère est une Montagnaise. C'est elle que vous avez vue au musée de Gaspé.

— Et alors?

— Quand vous parlez des découvreurs et des explorateurs de l'Amérique... Moi, je n'ai rien en commun avec les gens qui sont venus chercher de l'or et des épices et un passage vers l'Orient. Je suis du côté de ceux qui se sont fait voler leurs terres et leur façon de vivre. Et puis...

Elle s'arrêta pour regarder un cargo qui descendait le fleuve.

— Et puis il paraît que les Indiens sont venus de l'Asie et qu'ils sont arrivés en Amérique par un pont de glace qui recouvrait le détroit de Béring. On est arrivés par l'Ouest et vous êtes arrivés par l'Est. Il y a 7 000 kilomètres qui nous séparent!

Tout à coup elle se mit à rire.

— Excusez-moi, dit-elle. J'étais en train de me prendre au sérieux !... D'ailleurs, je ne suis pas une vraie Indienne. Mon père est un Blanc. Je suis une Métisse.

La fille riait encore, mais son rire commençait à sonner faux. Alors l'homme annonça :

— Je vais vous raconter une histoire.

— Quelle histoire ? demanda-t-elle en s'essuyant les yeux.

— L'histoire de l'*Eldorado*.

Il toussota deux ou trois fois, et il commença :

— Sur les hauts plateaux des Andes, en Amérique du Sud, à deux mille trois cent mètres au-dessus du niveau de la mer, dans une région inconnue des hommes blancs qui s'appelait Cundinamarca, c'est-à-dire « le pays du condor », il y avait chaque année une cérémonie solennelle. Le chef d'une tribu indienne se dépouillait de tous ses vêtements, enduisait son corps d'une substance résineuse et se roulait dans la poudre d'or. Lorsqu'il se relevait, le soleil faisait briller son corps doré, et alors il marchait à la tête de sa tribu jusqu'au bord d'un lac encadré de montagnes, le lac Guatavita, il montait dans une pirogue qui le conduisait au milieu du lac et il plongeait dans l'eau. Tous les membres de la tribu, même ceux qui étaient restés sur la rive, étaient émerveillés de voir l'éclat lumineux que produisait le corps de leur chef, l'homme doré, *el hombre dorado*, lorsqu'il exécutait son plongeon dans les eaux pures du lac. Ils en parlaient entre eux, saisis d'admiration, et le bruit se répandit peu à peu d'une tribu à l'autre et d'une région à l'autre, de plus en plus loin, qu'il existait quelque part en Amérique une contrée mystérieuse et riche qui était le royaume de l'or, l'*Eldorado*. Voilà, c'est tout. C'est ainsi qu'est née la légende de l'*Eldorado*.

— C'est une belle histoire, dit la fille.

— Merci, dit-il. Vous ne la connaissiez pas ?

— Non.

— Je l'ai lue dans *The Golden Dream*, le livre de Chapman.

Et il ne put s'empêcher d'ajouter, un peu tristement :

— Tout ce que je sais, ou presque, je l'ai appris dans les livres.

3

UN COUP DE FIL
DE SAM PECKINPAH

— Qu'est-ce que vous faites dans la vie quand vous ne cherchez pas votre frère? demanda la Grande Sauterelle.

— Je suis écrivain, dit l'homme. Et vous?

— Mécanicienne, dit-elle. J'ai étudié la mécanique automobile.

— Avez-vous un diplôme?

— Non. Et vous?

— Moi non plus, dit-il en souriant.

Malgré la fatigue, ils étaient bien contents d'arriver à Québec. Ils avaient pris le traversier à Lévis. Appuyés au bastingage, sur le pont supérieur, ils regardaient les lumières du Château Frontenac et de la terrasse Dufferin qui s'en venaient lentement vers eux. Jack avait une couverture de laine autour des épaules. La fille, nu-pieds comme d'habitude, disait qu'elle n'avait pas froid. Lorsqu'ils furent assez près de la rive nord, il lui montra du doigt la maison où était son appartement. C'était à la gauche du Château.

— La deuxième maison, dit-il. Pouvez-vous voir ça ?

— Non, dit la fille. Je vois seulement un grand espace noir.

— C'est le parc des Gouverneurs. Mais un peu plus loin, à gauche, il y a une maison illuminée...

— Oui.

— C'est le consulat américain. Ensuite il y a une maison avec une lumière au dernier étage.

La fille s'approcha de lui et inclina la tête sur son épaule pour mieux voir le point lumineux qu'il montrait du doigt.

— Ah oui, je vois !

Elle demanda :

— Ça veut dire qu'il y a quelqu'un ?

— Non, je laisse la lumière allumée parce que...

Il fit un geste vague.

— Mais il n'y a personne, dit-il.

Le bateau allait accoster. Ils réintégrèrent le minibus et, lorsque la passerelle fut abaissée, ils quittèrent le traversier et empruntèrent la côte de la Montagne que le vieux Volks escalada péniblement. Ils contournèrent la place d'Armes, passèrent sous les arches du Château et trouvèrent une place de stationnement au bout de la rue Terrasse-Dufferin, à deux pas de la maison où l'homme demeurait. Emportant quelques affaires et le petit chat, ils montèrent les cinq étages en évitant de faire du bruit parce qu'il était quatre heures et demie du matin.

L'appartement n'avait que trois pièces : salon, cuisinette et chambre à coucher, mais la fenêtre du salon, percée en ogive et munie d'une tablette sur laquelle deux personnes pouvaient s'asseoir à l'aise, donnait une très large vue sur le fleuve, la rive sud et même le pont de l'île d'Orléans.

— Il n'y a pas de boîte de sable pour le chat, dit l'homme.

— Ça fait rien, dit la fille, qui était assise sur la grande tablette de la fenêtre. On peut s'arranger avec des journaux pour cette nuit.

— Voulez-vous dormir tout de suite ?

— Non.

— Je vais prendre le sofa.

Elle ne répondit pas. Elle regardait dehors et son regard était perdu dans la nuit. Il s'approcha.

— Je fais du chocolat chaud. En voulez-vous une tasse ?

— Ah oui, dit-elle.

— Fatiguée ?

— Pas trop. J'attends que le jour se lève et ensuite je vais dormir un peu.

À la cuisine, il fit chauffer du lait et il en versa une petite portion dans une soucoupe pour le chat qui se frôlait contre ses jambes. Lorsque les deux tasses de chocolat furent prêtes, il les apporta dans le salon ; il posa une tasse à côté de la fille et il s'assit en face d'elle, à l'autre bout de la fenêtre, les jambes repliées sous lui.

— C'est très bon, dit-elle après avoir bu une gorgée.

— Merci.

Elle demanda :

— Parlez-moi encore de Théo.

Il se mit à parler de son frère et, presque aussitôt, une vague de souvenirs le ramena dans la grande maison de bois située au bord de la rivière, non loin de la frontière des États-Unis.

Il commença par décrire la maison, un imposant bâtiment de forme carrée qui comprenait deux étages, trois caves, un grenier et deux hangars ; du côté sud, au deuxième étage, se trouvait une grande galerie vitrée où le soleil réchauffait ceux qui venaient s'y installer pour lire ou rêver ou bien échanger des confidences.

Cette maison, disait-il, n'était pas située tout à fait au bord de la rivière, mais plutôt à une distance d'un kilomètre environ, et la façon la plus excitante de franchir cette distance, pendant l'hiver, c'était de glisser en traîneau sur la surface gelée d'un ruisseau qui passait à proximité de la maison et allait se jeter dans la rivière ; le ruisseau n'avait pas de nom et il était souterrain : il coulait sous le jardin de la maison, sous le garage du voisin, sous un terrain vague, sous un court de tennis et sous la route principale, et c'était une aventure terrifiante que de se trouver à plat ventre sur un traîneau dans ce tunnel obscur et glacial où l'on prenait rapidement de la vitesse et où, si on s'écartait le moindrement du tracé que Théo avait établi, on risquait à tout moment de se fracasser la tête sur une roche ou de s'enfoncer dans un des remous du ruisseau sans nom.

Théo aimait les jeux risqués. Un de ses jeux préférés consistait à se laisser tirer en skis derrière le *snow* du voisin. Personnage énorme et débordant d'énergie, le voisin était médecin et, en hiver, lorsque les tempêtes avaient bloqué les routes, il se servait d'un *snowmobile* pour aller visiter les malades qui habitaient loin du village. «Le docteur Noël a sorti son *snow*», disaient les gens quand ils entendaient le fracas épouvantable de l'engin qui traversait le village en soulevant des rafales de neige. Fait en contre-plaqué, le *snow* avait la forme d'une petite automobile — un coupé — et il était propulsé sur deux larges paires de skis par un moteur d'avion à hélice placé à l'arrière. Quand le médecin avait des moments de loisir, Théo mettait son équipement de ski alpin et il se faisait traîner sur la rivière, agrippé à un long câble, et il pouvait tenir le coup durant des heures, insensible au froid et à la fatigue, grisé par la vitesse folle du *snow* qui pétaradait et donnait à chaque instant l'impression qu'il allait décoller comme un avion.

La Grande Sauterelle buvait son chocolat à petites gorgées en regardant par la fenêtre ; de l'endroit où elle était assise, le dos calé avec des oreillers, elle pouvait apercevoir les lumières du pont de l'île d'Orléans.

Jack parla encore un peu de la rivière. Une grande partie des souvenirs qu'il avait en commun avec son frère étaient associés à cette rivière. Les souvenirs n'avaient pas d'âge précis (il ne pouvait se rappeler exactement l'année), mais ils étaient toujours liés à une saison et, le plus souvent, c'était l'hiver. Il se rappelait, par exemple, une chose très ancienne : des hommes découpaient des blocs de glace sur la rivière au moyen d'une scie, et ces blocs de glace, conservés sous des amoncellements de sciure de bois, servaient à réfrigérer les aliments dans les glacières des maisons pendant l'été. Il se rappelait également que l'on déblayait une patinoire en forme de cercle sur la rivière et que, pour réchauffer les patineurs et les éclairer durant la nuit, on faisait brûler de vieux pneus au milieu du cercle. Il se rappelait que son frère et lui se rendaient dans la forêt, de l'autre côté de la rivière, où ils attrapaient des lièvres avec des collets en fil de laiton. Il se rappelait...

La fille avait la tête inclinée sur l'épaule et l'homme vit qu'elle s'était endormie. Après un moment d'hésitation, il l'éveilla le plus doucement qu'il put et ils se couchèrent, elle dans le grand lit et lui sur le sofa.

L'homme eut du mal à s'endormir, mais il en était ainsi depuis longtemps. Lorsqu'il se réveilla, au milieu de l'après-midi, la fille n'était plus là. Et le chat non plus.

Dans l'évier de la cuisine, il trouva la vaisselle dont elle s'était servie pour le petit déjeuner et ce furent les seules traces d'elle qu'il vit dans l'appartement; elle n'avait laissé aucune note pour dire où elle était allée et si elle allait revenir ou non. Il regarda par la fenêtre pour voir si elle se promenait sur la terrasse Dufferin, mais elle n'était pas là. En se penchant, il aperçut le vieux Volks garé au bout de la rue ; le havresac de la fille était peut-être encore dans le minibus, mais il n'avait pas vraiment le goût de vérifier. Il prit une douche et il déjeuna, puis il se mit à dresser la liste de ce qu'il fallait emporter pour le voyage à Saint Louis. Quand il ne trouva plus rien à écrire, il eut envie d'aller dehors et il sortit sans verrouiller la porte.

Le ciel était gris, mais il ne faisait pas froid et il y avait pas mal de gens qui se promenaient dans le Vieux-Québec. L'homme traversa le parc en diagonale, puis il descendit la rue Haldimand et les pentes de la vieille ville le conduisirent à la librairie Garneau. À l'intérieur, il examina l'étalage des derniers romans parus et il en ouvrit quelques-uns pour lire la première phrase, mais rien de ce qu'il lut ne lui sembla conforme à ses exigences : la première phrase, selon lui, devait toujours être une invitation à laquelle personne ne pouvait résister — une porte ouverte sur un jardin, le sourire d'une femme dans une ville étrangère. Il se rendit ensuite au fond de la librairie où se trouvaient les livres québécois et, après avoir vérifié que les commis ne l'observaient pas, il chercha ses propres livres dans les rayons. Il avait écrit cinq romans, dont deux étaient ratés en grande partie. Curieusement, il ne trouva sur les étagères que les deux romans qu'il n'aimait pas, et il en ouvrit un : la première phrase ressemblait à n'importe quoi sauf à une invitation irrésistible. Il remit le livre à

sa place et, avant de sortir, il acheta la plus récente carte
routière des États-Unis.

Il revint chez lui en passant par la rue Desjardins
pour acheter du lait, du beurre et du pain. Au moment
d'ouvrir la porte de l'appartement du cinquième, il
entendit un bruit de vaisselle. Il frappa avant d'entrer.
La Grande Sauterelle était revenue.

— Bonjour!... J'ai acheté des petites choses à l'épicerie,
dit-il sur un ton aussi léger que possible.

— Moi aussi, dit la fille.

— Ah oui? Qu'est-ce que vous avez acheté?

— Du lait, du beurre et du pain, dit-elle.

— Moi aussi! dit-il en riant.

Il alla ranger ses provisions dans la cuisine. Ensuite il
se mit à genoux et caressa le chat qui buvait du lait.

— Merci d'avoir lavé la vaisselle, dit-il.

— C'est rien, dit la fille.

— Et je suis content que vous soyez revenue.

— Vous pensiez que j'étais partie pour toujours?

— Je ne savais pas à quoi m'en tenir. J'ai regardé si
vous aviez laissé un mot, mais non.

— Je ne pouvais pas, dit-elle, parce que...

Elle dénoua la longue tresse qui lui descendait
jusqu'au milieu du dos, puis elle lui demanda s'il avait
une brosse à cheveux quelque part. Il alla chercher la
brosse qui se trouvait dans l'armoire à pharmacie.

— ... je ne sais jamais à l'avance ce que je vais faire,
dit-elle.

Il s'assit sur le bord du lit. La fille avait le dos tourné.
Debout en face de la fenêtre, les jambes légèrement

écartées, elle se brossait les cheveux. Elle les démêlait à petits coups très délicats, en commençant par l'extrémité libre, puis elle penchait la tête du côté gauche et elle les brossait à grands coups réguliers par-dessus et par-dessous, et finalement elle secouait la tête et sa longue chevelure noire lui enveloppait les épaules comme une cape de fourrure.

En se retournant, elle vit que l'homme la regardait avec des yeux ronds et la bouche ouverte.

— Ça ne va pas ? fit-elle.

— Mais non, ça va, dit-il.

Il fit un effort pour se ressaisir.

— Avez-vous reçu un coup de téléphone pour moi ? demanda-t-il.

— Non, dit-elle. Vous attendiez un appel ?

Il fit signe que oui.

Cette fille était spéciale. Il ne la connaissait pas encore très bien, mais il se sentait tout près d'elle et il la sentait tout près de lui. Il ne pouvait lui mentir. Il répondit qu'il attendait un coup de fil de Sam Peckinpah.

Pour les films d'action, Sam Peckinpah était le cinéaste qu'il préférait. Il avait beaucoup aimé *Straw Dogs*. Dès les premières images, il avait été captivé, l'action était devenue de plus en plus rapide et il avait été emporté par le rythme du film jusqu'au moment où le mot FIN était apparu en grosses lettres sur l'écran. Il était sorti du cinéma, essoufflé et fatigué comme s'il avait couru le mille en moins de quatre minutes. Depuis ce jour, il entretenait l'espoir insensé que le vieux Peckinpah allait l'appeler pour lui dire qu'il avait lu son dernier roman et qu'il voulait en faire un film. Un beau jour, le téléphone allait sonner, il allait décrocher le récepteur et, à l'autre bout du fil, la voix bourrue et enrhumée de Peckinpah allait se faire entendre. C'était ridicule et illogique pour toutes sortes de raisons, la principale étant qu'il n'écrivait pas de romans d'action, et plus il n'était même pas un auteur connu... mais chaque fois que le téléphone sonnait dans son petit appartement du cinquième étage, rue Terrasse-Dufferin, il se disait malgré tout que c'était peut-être le fameux coup de fil de Sam Peckinpah.

4

L'ÉCRIVAIN IDÉAL

C'était samedi.

Pas question de se mettre en route pour Saint Louis avant la semaine suivante : Jack devait passer à la banque et ensuite mettre le Volks au garage pour une mise au point et une vidange d'huile.

La Grande Sauterelle était encore chez lui. Elle n'avait pas dit si elle allait partir avec lui ou non. Elle ne parlait pas beaucoup. Elle lisait. Cette fille lisait avec une voracité qu'il n'avait encore jamais vue. En deux jours, elle avait lu tout ce qu'il avait écrit (elle n'avait fait aucun commentaire), ensuite elle avait lu un roman de John Irving, *L'Hôtel New Hampshire*, en une seule journée (elle avait beaucoup aimé le personnage de Susie l'Ourse). Lorsqu'elle sortait, elle emportait toujours un livre qu'elle mettait avec le chat dans un petit sac à dos.

Le livre de John Irving, la fille l'avait «emprunté» à la bibliothèque municipale. Quand il s'agissait de se procurer un livre, elle faisait une distinction entre les librairies et les bibliothèques. Dans les librairies, elle *volait* les livres sans aucun scrupule, car elle trouvait que la plupart des libraires aimaient davantage l'argent que les livres ; dans les bibliothèques, cependant, elle les *empruntait*, c'est-à-dire qu'elle les glissait sous ses vêtements ou dans son sac et les retournait par la poste après les avoir lus, en incluant une courte note qui disait à peu près ceci :

> Cher(e) Bibliothécaire, je vous envoie ce livre que j'ai trouvé par hasard dans les toilettes d'une station-service à Sainte-Anne-de-la-Pocatière. Je ne sais pas comment il se fait qu'il était rendu là, mais si je peux me permettre de vous donner un conseil, il me semble que vous devriez faire un peu plus attention à vos livres. Signé : Une amie qui vous veut du bien, Pitsémine.

Pitsémine était le nom de la Grande Sauterelle en langue montagnaise. Quant à l'écrivain, son pseudonyme était Jack Waterman. Il avait un jour demandé à son frère de lui suggérer un nom de plume et Théo avait dit qu'il ne voyait rien de mieux que Waterman.

Tandis que la Grande Sauterelle dévorait tous les livres qui lui tombaient sous la main, Jack Waterman était un lecteur inquiet et parcimonieux. Il avait ses auteurs favoris, dont il avait lu tous les livres, mais ces auteurs n'étaient pas nombreux : Hemingway, Réjean Ducharme, Gabrielle Roy, Salinger, Boris Vian, Brautigan et quelques autres. Et il avait ses livres préférés, qu'il relisait souvent et qui étaient pour lui comme de vieux amis. En général, il n'éprouvait pas le besoin de lire durant les périodes où il écrivait un roman ; au cours de ces périodes, qui se prolongeaient de plus en plus, les livres des autres le rendaient impatient et parfois même jaloux.

Pour l'instant, il n'avait pas de roman en chantier. Il vivait les moments d'angoisse qui attendent les écrivains quand ils ont terminé un livre et que, déjà conscients des faiblesses de cet ouvrage et encore incapables d'imaginer l'œuvre suivante, ils se mettent à douter de leur talent. Mais, n'écrivant pas, il était en mesure de lire et, comme il pensait sans arrêt à son frère, il cherchait des livres ayant un rapport avec le voyage à Saint Louis.

Ce samedi-là, vers neuf heures du soir, Jack était allongé sur le lit. Ils étaient rentrés d'une promenade qui les avait conduits dans la rue Saint-Jean, la rue d'Auteuil et les Plaines d'Abraham, et ils avaient regagné l'appartement en empruntant l'escalier de bois qui descendait par paliers jusqu'à la terrasse en s'agrippant aux murs de la Citadelle et à la falaise du cap Diamant; la vue qu'on avait sur le fleuve, du haut de cet escalier, était impressionnante. L'homme se leva tout à coup et se mit à fouiller dans sa bibliothèque. Il maugréa contre le désordre qui l'empêchait de trouver le livre qu'il cherchait.

— Quel genre de livre? demanda la Grande Sauterelle qui était assise dans son coin préféré, sur la tablette de la fenêtre.

— Un livre bleu, dit Jack.

La bibliothèque était plutôt étroite, en raison de l'exiguïté de la pièce, mais elle montait jusqu'au plafond. Campé devant les rayons, mains sur les hanches, l'homme cherchait le livre des yeux.

— Quel titre? demanda la fille.

— L'Exploration du continent américain... ou quelque chose du genre, répondit-il en grimpant sur une chaise. Si je me souviens bien, il doit être quelque part en haut. Faudrait que je mette un peu d'ordre dans tout ça.

La fille se leva.

— Le livre de Brouillette? fit-elle.

— Vous le connaissez ?

— Bien sûr. Je l'ai lu pour voir ce qu'il disait au sujet des Indiens. J'ai lu pas mal de choses sur les Indiens.

— Je n'arrive pas à mettre la main dessus.

Juché sur sa chaise, il examinait un à un les livres qui se trouvaient sur les rayons les plus élevés.

— Il est ici, dit la fille.

Elle prit un livre sur le rayon du bas et le lui montra.

— Ce n'est pas *L'Exploration*, mais plutôt *La Pénétration du continent américain par les Canadiens français*.

— Ah bon !

— Et il n'est pas bleu, dit-elle. Il est rouge brique.

— C'est moi qui devrais être rouge comme une brique, dit l'homme en descendant de sa chaise. Maintenant j'ai tellement honte que je ne me souviens plus pourquoi je voulais le relire.

— Il me semble qu'il y a un passage où il est question de Saint Louis... Attendez un peu.

Elle consulta la table des matières et, après avoir tourné quelques pages, elle lut à haute voix :

Partout où il se fait de la traite, on trouve les traces des Canadiens français, au sang pur au début de la période, au sang mêlé plus tard. (...) Nous suivrons les traitants à partir de leurs principaux centres de rayonnement, qui furent tour à tour : Detroit, Michillimakinac, Grand-Portage (plus tard Fort William) et Saint Louis.

— Merci beaucoup, dit Jack. C'est exactement le texte que je cherchais. Je veux dire : je l'avais oublié, mais il était resté quelque part dans mon inconscient et j'essayais de le retrouver.

La Grande Sauterelle retourna dans son coin préféré. Elle lisait un livre de Gabrielle Roy, *Fragiles Lumières de la terre*.

— Évidemment, ça n'explique pas ce que Théo allait faire à Saint Louis, dit-elle avant de reprendre sa lecture.

— Bien sûr, dit l'homme.

— Ça veut seulement dire que Saint Louis était un poste de traite.

Au bout d'un moment, elle poursuivit :

— Mais tout le monde sait que les postes de traite étaient situés le long des cours d'eau... alors ils n'ont pas seulement été utilisés pour la traite des fourrures : on s'en est servi aussi comme points de départ pour toutes sortes d'expéditions.

— ... toutes sortes d'expéditions ? reprit-il dans l'espoir qu'elle ajoute quelque chose.

Cette fille en savait plus long que lui sur les questions historiques et peut-être même sur les motivations de Théo.

— Ce sera plus facile de comprendre une fois qu'on sera rendus à Saint Louis, dit-elle en s'absorbant dans sa lecture.

— Alors, vous allez venir ? demanda-t-il.

Elle ne répondit pas. Quand c'était évident, elle ne répondait jamais. Il s'allongea de nouveau sur le lit et il se mit à feuilleter le livre de Brouillette. Il n'avait pas vraiment envie de lire, mais il tournait les pages en s'arrêtant à certains passages qui attiraient son attention.

Le livre parlait abondamment des *voyageurs*. L'auteur semblait avoir une grande estime pour eux. Jack voulut savoir si la fille partageait ce sentiment et il lui lut le texte qui suit :

De l'assentiment de tous, ce sont les Canadiens qui sont les mieux faits pour supporter, en leur qualité de pagayeurs, les rigueurs d'une expédition en canot. Il est rare que d'autres soient employés pour un travail aussi dur. En tant que *voyageurs*, les Canadiens méritent en effet les meilleurs éloges.

Et il lut encore :

Je les ai vus pagayer dans un canot vingt heures sur vingt-quatre, aller à cette vitesse durant une quinzaine de jours ou trois semaines sans un jour de repos ni ralentissement.

La Grande Sauterelle dit qu'elle aimait beaucoup les *voyageurs* et elle pensait que s'ils avaient eu de l'instruction et s'ils avaient laissé des écrits derrière eux, leurs exploits seraient probablement comparés à ceux des pionniers de l'Ouest américain. Elle trouvait aussi que leur conduite avec les Indiens était acceptable, compte tenu des mœurs de l'époque. Même chose pour les trappeurs et les coureurs de bois : en général ils s'étaient mieux comportés à l'égard des Indiens, d'après elle, que ceux qui avaient exercé les mêmes occupations du côté américain.

L'homme ne put s'empêcher de sourire. Il ferma le livre, croisa les mains derrière sa tête, et le chat vint se coucher sur son ventre et se mit à ronronner.

— Aimez-vous le livre de Gabrielle Roy ? demanda-t-il.

— Je l'aime beaucoup, dit la fille d'une voix qui semblait déjà lointaine.

Il aurait aimé lui dire que le titre du livre de Gabrielle Roy prenait une signification spéciale quand on savait que cette femme était très belle et vulnérable et que ses yeux verts étaient brillants comme des lumières. Il aurait voulu lui dire aussi de ne pas lire trop vite, parce que l'écriture de Gabrielle Roy était très personnelle et que, par exemple, il était toujours intéressant de regarder à quel endroit dans la phrase elle plaçait ses adverbes.

Mais il ne voulait pas déranger la fille une autre fois dans sa lecture, alors il se tut. Et il fut ainsi renvoyé à lui-même et à sa propre écriture.

Jack Waterman n'était pas très content de lui-même en tant qu'écrivain. D'une manière générale, il ne s'aimait pas beaucoup (il se trouvait trop maigre et trop vieux et trop renfermé), mais ce qu'il détestait par-dessus tout, dans sa propre personne, c'était sa façon de travailler. Il s'était fait depuis toujours une image de l'écrivain idéal et il était loin de ressembler à ce modèle. Il se rangeait parmi ceux qu'il appelait « l'espèce laborieuse » : patient et obstiné mais dépourvu d'inspiration ou même d'impulsions, il se mettait à l'œuvre tous les jours à la même heure et, grâce à un travail méthodique et opiniâtre, il arrivait à écrire « sa » page quotidienne.

Or, voici comment il s'imaginait l'écrivain idéal et en quels termes il en parlait :

Un beau soir, l'écrivain idéal est assis au bar Sainte-Angèle, dans la salle du fond, lorsque l'idée d'un roman lui vint tout à coup. Il n'a pas écrit de roman depuis deux ans peut-être et ce soir-là, pendant qu'il sirote un verre de Tia-Maria avec des amis dans un bar du Vieux-Québec, voilà que cette idée lui arrive à l'improviste.

C'est une idée globale et pourtant elle est précise, avec deux personnages très distincts, l'intrigue et le ton... et même la première phrase !

Il dit excusez-moi et il se dirige vers le comptoir. Il emprunte un stylo à la barmaid. Il écrit la première phrase sur une serviette en papier. Mais il lui vient immédiatement une deuxième phrase, alors il l'écrit sur l'autre côté de la serviette. Elle est plus longue que la première, mais elle est toute préparée à l'avance, elle aussi, et il n'a pas de mal à l'écrire ; et elle est exactement dans le ton qui convient.

Au moment où l'écrivain se dispose à rejoindre ses amis, une troisième phrase arrive, mais il ne reste plus de place sur la serviette. Il a peur de l'oublier et il la répète plusieurs fois dans sa tête. Il sent qu'elle s'en va... il n'a aucune mémoire. Il fouille dans ses poches, il cherche un bout de papier mais il ne trouve rien et finalement il écrit la phrase en abrégé sur une pochette d'allumettes qui traîne sur le comptoir.

Il quitte le bar Sainte-Angèle en faisant un vague signe d'adieu à ses amis. L'un d'eux le rejoint dans la rue.

— Ça ne va pas ? Tu es malade ?

L'écrivain secoue la tête.

— Tu veux que je te ramène chez toi ? demande l'ami.

Il fait signe que oui.

L'ami le fait monter dans son auto et le ramène chez lui. Il lui demande s'il a besoin de quelque chose.

— Cinq tablettes à écrire.

— *Cinq* tablettes ?

— Mais oui ! dit-il avec impatience.

— Lignées ou pas lignées ?

Cette question lui semble être la chose la plus stupide qu'il ait jamais entendue. Il jette un regard noir à son ami et celui-ci n'insiste pas : il sort immédiatement.

L'écrivain se met au travail.

Il commence par transcrire les trois premières phrases sur une vieille tablette et elles tiennent le coup toutes les trois, elles sont bien faites et, au bout de la troisième, il en vient une autre et encore une autre. Les idées se bousculent dans sa tête, elles arrivent de plus en plus vite et il se demande s'il sera capable de suivre le rythme. Alors il prend une feuille et il note, à mesure qu'elles viennent, les idées qui ne serviront que plus tard. Et il se remet à écrire. C'est agréable et réconfortant d'avoir des idées en réserve. Il écrit avec une sorte de plaisir fébrile. Les mots et les phrases arrivent facilement et la source paraît inépuisable. Il a l'impression qu'on lui dicte ce qu'il faut écrire. Il se sent très bien. Il écrit à toute allure et il vit intensément ...

. . . .

Le son d'une voix toute proche le fait sursauter.

Son ami est revenu.

L'écrivain n'a pas entendu le bruit de la porte... Il n'a pas compris non plus ce que l'autre a dit, mais il a trouvé des tablettes... Ah oui, il a dit quelque chose comme : « J'ai été obligé de courir jusqu'à la Basse-Ville. La pharmacie Lippens. »

— Merci, dit-il. Va-t'en, s'il te plaît.

— Je vais dormir ici, dit l'ami.

— Laisse-moi la paix !

— Écoute, il est quatre heures du matin !...

— SACRE TON CAMP !

L'ami a compris. Il s'en va. Il n'a pas l'air bien content, mais il s'en va. Juste avant qu'il ne referme la porte, l'écrivain lui recommande :

— Dis à Marie de ne pas venir demain !

— Ouais...

— Ni après-demain ! Dis-lui de ne pas me déranger.

Son ami est sorti et il se remet à écrire.

Pour se replonger dans l'atmosphère, il relit la page précédente et aussitôt les mots arrivent ! Ses amis les mots sont fidèles au rendez-vous. Ils arrivent en masse,

ils se bousculent. Il est très heureux de les voir et il écrit comme un fou, comme un maniaque. Il ne sait plus quelle heure il est, ni si c'est le jour ou la nuit. Les personnages discutent, agissent, prennent des décisions et il a l'impression très nette que, dans cette histoire, il est un spectateur et que son rôle consiste à décrire le plus fidèlement possible l'action qui se déroule sous ses yeux. Les personnages savent très bien où ils vont et ils l'entraînent avec eux dans un Nouveau Monde . . . .
. . . .

Le brouillard.

Tout est blanc.

Il entend une voix lointaine :

— Jack ! Jack Waterman !

Un visage est penché au-dessus de lui. C'est Marie.

— Bonjour, dit-elle.

Les murs sont blancs. Il est dans un lit.

Il essaie de se lever, mais il n'y arrive pas. C'est à peine s'il peut bouger la tête. Il est très fatigué.

— Tout va bien, dit Marie. Ne bouge pas.

Elle prend sa main et la soulève doucement pour qu'il puisse voir : il y a un tuyau de plastique transparent qui est fixé au revers de sa main ; à côté du lit, un bocal de sérum est suspendu à une espèce de patère.

Une infirmière entre dans la chambre et s'occupe de prendre sa pression artérielle.

— Contente de voir que vous êtes revenu ! dit-elle en souriant.

Il fait un effort pour demander ce qui s'est passé, mais aucun son ne sort de sa bouche. Et tout à coup il se rappelle : LE ROMAN ! LES FEUILLES ÉPARPILLÉES

SUR LA TABLE ET SUR LE PARQUET... ensuite un grand trou noir...

— Restez tranquille, dit l'infirmière.

— Attends un peu, dit Marie.

Elle ouvre un tiroir de la petite commode qui est à son chevet et elle sort un cartable. C'est un très gros cartable...

— Ne parlez pas, dit l'infirmière. Vous avez passé trois jours dans les pommes et il ne faut pas vous fatiguer. Compris ?

Il fait signe que oui et il regarde Marie parce qu'il a besoin de savoir. Elle est penchée vers lui, elle tient le manuscrit sur sa poitrine et elle le regarde intensément.

Elle dit :

— L'écriture est difficile à déchiffrer, surtout à la fin, mais...

Il y a des larmes dans ses yeux quand elle dit :

— C'est la plus belle histoire que j'aie jamais lue !

5

MILLE ÎLES

Ils étaient en Ontario et ils roulaient sur la 401 depuis deux heures.

— Première sortie à droite, dit la Grande Sauterelle en levant les yeux de l'assortiment de cartes routières et de brochures qu'elle tenait sur ses genoux et qui étaient un hommage du Club Automobile de Québec.

Elle montra un panneau qui annonçait la localité de Rockport. Jack actionna le clignotant du Volks et emprunta la sortie qu'elle lui indiquait. Pourquoi la fille lui demandait de quitter l'autoroute et d'aller vers Rockport, il n'en savait rien, mais elle était une excellente copilote. Elle avait un sens de l'orientation infaillible, elle consultait toujours plusieurs cartes et elle étudiait non seulement la route qu'ils devaient suivre, mais aussi l'ensemble de la région qu'ils traversaient.

— Je n'ai jamais vu les Mille Îles, dit-elle. On va prendre la route qui suit le bord du fleuve. C'est un petit détour de rien et on pourra acheter des provisions à Rockport et se rendre ensuite à Ivy Lea. Il y a un camping provincial à Ivy Lea. Est-ce que le pilote est d'accord ?

— Entièrement d'accord, dit l'homme. De toute façon, le pilote était fatigué de rouler sur l'autoroute à quatre voies. Est-ce que c'est loin, Rockport ?

— On arrive.

Ils suivirent une route bordée d'arbres qui menait droit au fleuve. Non loin d'un quai où étaient amarrés deux bateaux d'excursion à fond de verre, ils aperçurent un vieux magasin général. Pendant que la fille prenait son chat et allait s'asseoir au bout du quai pour regarder les îles, l'homme entra au magasin et acheta une boîte de *bluefish* et ce qu'il fallait pour préparer une salade de poisson. Ensuite ils reprirent la route qui longeait le fleuve et ils se rendirent à Ivy Lea.

Le camping était divisé en deux sections et celle qui donnait sur le fleuve était plus sauvage et presque déserte, alors ils choisirent une place dans cette section ; ils étaient au bord de l'eau et isolés des voisins éventuels par une rangée de conifères.

Jack prépara le repas tout seul. La fille était occupée à regarder le fleuve et les îles. Il y avait vraiment toutes sortes d'îles, des petites et des grandes, et elles étaient toutes habitées, même les plus petites. Juste en face du camping, il y avait une île toute petite sur laquelle se trouvait une maison sur pilotis qui la recouvrait entièrement et prenait toute la place. Quelque part au milieu du fleuve, une frontière imaginaire séparait le Canada et les États-Unis.

La Grande Sauterelle avala un plat de salade de *bluefish* sans dire un mot et sans interrompre sa rêverie. Plus tard, elle ne sembla pas remarquer que la noirceur était arrivée, qu'il y avait des maringouins et que le temps devenait plus frais et humide.

Elle ne répondit pas à Jack quand il dit qu'il comprenait maintenant pourquoi les autres campeurs avaient choisi la section plus éloignée du fleuve : ils voulaient éviter les maringouins, et puis leur section était pourvue de prises de courant qui permettaient de brancher un radiateur à l'intérieur de leur roulotte.

— Je vais faire un feu, dit l'homme.

Il se mit à ramasser des branches mortes.

— À quoi pensez-vous ? demanda-t-il finalement à la fille.

— Je ne pense pas, dit-elle doucement. Je rêve.

Elle tourna la tête vers lui et, à son air chagrin, elle comprit qu'il éprouvait un sentiment de rejet. Il avait conduit le Volkswagen tout l'après-midi, il avait préparé une bonne salade de *bluefish* avec des fruits frais pour dessert et du café, il avait lavé la vaisselle et il avait tout remis en place dans le minibus. Et maintenant il ramassait des branches mortes pour faire un feu et chasser les maringouins.

— Les rêves sont comme des îles, murmura-t-elle. Alors on est tout seul quand on rêve et ça ne peut pas être autrement. Vous comprenez ?

Il fit signe que oui et elle expliqua :

— Je rêvais aux grands canots d'écorce.

Dans son rêve, il n'y avait pas seulement les canots des Indiens, mais aussi les très grands canots de 10 à 12 mètres fabriqués par les *voyageurs* pour la traite des fourrures sur le Saint-Laurent et sur les Grands Lacs ; appelés «canots du maître», ils étaient montés par 14 hommes. Bien sûr, tous les canots n'étaient pas aussi grands. La plupart mesuraient environ 8 mètres de longueur ; ils étaient très élégants, pointus aux deux bouts, et pouvaient loger une dizaine d'hommes. La

charpente était faite avec de petites lattes de cèdre
blanc, et la coque avec des bandes d'écorce de bouleau
cousues les unes aux autres ; on utilisait de la gomme de
sapin pour calfater les coutures. Une fois terminés, ils
avaient fière allure avec les barres de traverse, les
sièges, les avirons et les décorations en couleurs, et ils
glissaient silencieusement sur l'eau, chargés de fourrures, de provisions ou d'articles de traite qui devaient
être livrés à des postes comme Detroit ou Michillimakinac.

— Detroit ou quoi ? demanda Jack.

— Michillimackinac, dit-elle.

— Michilli... quoi ?

Il avait très bien compris, et d'ailleurs c'était un nom
qu'il connaissait depuis longtemps, mais elle avait une
façon spéciale de le prononcer.

— Michillimakinac ! répéta-t-elle.

Elle le prononçait en faisant sonner toutes les
voyelles et en faisant claquer la dernière syllabe comme
un coup d'aviron à plat dans l'eau. L'homme avait une
passion démesurée pour les mots et il n'était pas éloigné
de croire que cette fille, en prononçant un mot magique,
était capable de faire apparaître devant leurs yeux un
convoi de grands canots qui allaient se faufiler entre les
îles et se fondre dans la nuit en soulevant derrière eux
une houle assez forte pour faire danser un long moment
les lumières qui venaient de s'allumer sur les îles et se
reflétaient dans l'eau calme du fleuve.

Assise sur une grosse bûche, le dos tourné au feu de
camp, la Grande Sauterelle regardait les maisons
illuminées sur les îles. Jack s'installa près d'elle. Le feu
leur réchauffait le dos et c'était agréable, mais il ne
chassait pas les maringouins. L'homme se releva et jeta

des branches vertes et des poignées d'herbe mouillée sur le feu qui se mit à fumer.

— J'aime les lumières, dit la fille.

— Moi aussi, dit-il.

— Je trouve que la nature est plus belle quand il n'y a rien, je veux dire quand elle est restée comme elle était au début, mais j'aime aussi les lumières. Je suis partagée entre les deux et je sais que ça va durer toujours.

Sa voix se brisa et Jack ne trouva rien à dire. Subitement, le vent tourna et dirigea la fumée sur eux. Ils transportèrent leur bûche de l'autre côté du feu de camp. Quelques instants plus tard, le vent changea de direction une nouvelle fois et ils ramenèrent la bûche à l'endroit qu'ils venaient de quitter. Ils n'étaient pas plus tôt assis que le vent tourna encore et souffla la fumée en plein sur eux. Cette fois, ils refusèrent de bouger.

— Le vent est fou, dit l'homme. Dans une minute, il va encore changer de côté.

À moitié étouffés par la fumée et les yeux pleins d'eau, ils s'obstinèrent à rester assis sur la bûche. Le vent ne tournait pas.

— J'ai une idée, dit la fille à voix basse. On va faire semblant de changer de côté, alors...

— Chu-u-u-u-t ! fit-il.

Ils se levèrent et, prenant place de chaque côté de la bûche, ils firent exactement comme s'ils allaient la soulever et la transporter de l'autre côté du feu. Ils restèrent une bonne minute dans cette position, les genoux fléchis et le dos courbé, mais le vent, comme s'il avait compris leur stratagème, continua de souffler dans la même direction. Finalement, ils abandonnèrent et allèrent se réfugier dans le Volkswagen.

Il faisait aussi froid à l'intérieur que dehors.

Jack alluma le plafonnier et, pour se réchauffer, il
hissa dans le «grenier» tous les bagages qui étaient
placés à l'arrière du Volks. Il appelait «grenier» le
compartiment qui était situé immédiatement sous le
toit et qui se trouvait agrandi lorsque le toit était relevé.
En plaçant les bagages dans cet espace, on libérait
complètement l'arrière du Volks, ce qui permettait de
rabattre la banquette pour former un lit à deux places.
L'homme transporta toutes leurs affaires dans le
«grenier», sauf les sacs de couchage, les couvertures et
la valise contenant les vêtements chauds.

— Avez-vous froid? demanda-t-il.

— Un peu, dit-elle. C'est l'humidité... Est-ce que les
Volks n'ont pas le chauffage à l'essence?

— Oui, mais elle n'a jamais bien fonctionné. Elle
dégage une odeur d'essence très forte et...

— Alors on a le choix entre mourir gelés ou
asphyxiés?

— Je regrette beaucoup.

— C'est pas grave. Je vais me mettre dans mon sac
de couchage.

— Je pensais que les Indiens n'avaient jamais froid...

— J'ai dit que je n'étais pas une vraie Indienne,
coupa-t-elle, et elle marmonna quelque chose qu'il ne
comprit pas.

— Excusez-moi, dit-il.

Il étendit une couverture de flanelle sur le lit pour
qu'elle serve d'isolant et qu'elle leur évite le contact
désagréable avec le revêtement de vinyle. Ensuite il
déroula les sacs de couchage, ouvrit les fermetures
éclair et installa les oreillers à l'intérieur, puis il déploya
une chaude couverture de laine par-dessus les sacs. Il
travaillait sans dire un mot et, malgré le froid, il

s'efforçait de se montrer rapide, précis et compétent, comme si sa mission était de préparer le lit de nulle autre que la princesse Kateri Tekakouitha. Lorsqu'il eut terminé, il sortit quelques vêtements chauds de la valise : deux paires de chaussettes en laine, deux chandails, deux tuques et deux «grandes combines» roses de marque Penmans, faites d'une seule pièce avec une longue rangée de boutons à l'avant et une petite porte fermée par un seul bouton à l'arrière.

En apercevant les «grandes combines», la fille s'étrangla et fut prise d'un fou rire incontrôlable. Elle riait encore lorsqu'elle commença à se dévêtir pour se mettre dans son sac de couchage.

L'homme se détourna.

— Qu'est-ce que vous faites ? demanda-t-elle.

— Rien. Je me détourne pendant que vous mettez les grandes combines.

— C'est déjà fini !

Il se retourna et vit que la fille était enfouie jusqu'au cou dans son sac de couchage. Les deux «grandes combines» étaient encore sur le lit.

— Je les mettrai seulement si je gèle à mort, dit-elle.

— Comme vous voudrez.

Il se déshabilla sans regarder la fille et en se hâtant parce qu'il faisait froid. Il se dépêchait de boutonner le devant de sa «grande combine» lorsqu'il nota que la fille l'observait.

— Je regarde pour voir de quoi vous avez l'air avec ça, dit-elle.

— Et alors ?

— Tournez sur vous-même, pour voir...

— Je gèle, dit-il.

— Ça ne me surprend pas du tout.

— Pourquoi ?

— La petite porte, elle...

— Quoi ?

— C'est ça, dit-elle. La petite porte est ouverte !

Il mit sa main derrière lui pour vérifier, mais tout était bien fermé et boutonné. La fille riait de plus belle. Il éteignit le plafonnier et s'installa rapidement dans son sac de couchage.

— Le chat est avec moi, dit-elle, et si vous venez aussi, peut-être qu'on arrivera à se réchauffer tous les trois.

Elle descendit la fermeture éclair de son sac et il s'approcha d'elle en lui tournant le dos. Elle se serra tout contre lui, poussant ses genoux au creux des siens et appuyant son ventre contre son dos, et elle passa un bras autour de son épaule. Il sentit quelque chose de doux et de chaud contre ses pieds : c'était le chat. Il sentit aussi un objet dur qui lui meurtrissait le bas des reins, alors il glissa sa main dans son dos et ses doigts rencontrèrent la forme allongée d'un petit couteau de chasse dans une gaine de cuir.

— Excusez-moi, dit la fille. J'oublie toujours de l'enlever.

Elle dénoua la corde qui retenait la gaine autour de sa taille et elle dit qu'elle portait toujours le couteau sur elle depuis une mésaventure qui lui était arrivée au cours d'un voyage ; elle n'avait pas envie de raconter ça pour le moment.

— Mais je vais vous raconter une histoire spéciale pour vous remercier de tout ce que vous avez fait aujourd'hui, dit-elle. Et en même temps c'est une histoire pour vous réchauffer.

Elle dit qu'elle avait appris l'histoire dans un livre qui s'appelait *Le Langage secret des animaux*, et elle se recueillit un moment.

Ensuite elle commença :

— Quand l'hiver s'annonce, dans l'Antarctique, les manchots empereurs font le contraire des autres oiseaux : au lieu d'émigrer vers les pays chauds, ils se dirigent vers les banquises qui se trouvent dans les régions les plus froides du globe. Ils vont là, chaque année, pour donner naissance à leurs petits. Une fois qu'ils se sont accouplés et que la femelle a pondu son œuf, le mâle prend l'œuf et le place dans une poche incubatrice qu'il a sur le ventre. Ensuite la femelle s'en va. Elle fait ses adieux au mâle et elle quitte la banquise pour aller pêcher en eau libre. Les mâles restent tout seuls avec leurs œufs et ils ne mangent rien du tout pendant huit longues semaines, mais ils ont inventé un système spécial pour se protéger contre le vent, le froid et la poudrerie. Ils forment un grand cercle, en mettant les plus faibles d'entre eux au centre, et le cercle tourne lentement sur lui-même. Lorsqu'ils ont pris des forces et qu'ils se sont réchauffés, ceux qui étaient au centre cèdent leur place aux autres, de sorte que chacun à tour de rôle est exposé au froid et vient ensuite s'abriter au milieu du cercle. C'est de cette façon que, sur les banquises du pôle Sud, les manchots qui vont devenir pères réussissent à survivre et à se protéger du froid en attendant le retour de leurs amies. Voilà, c'est tout. C'est la fin de mon histoire.

— Je suis déjà tout réchauffé, dit Jack. C'est une très belle histoire et vous la racontez bien.

— Merci.

— Je ne sais pas si mon frère est à Saint Louis ou ailleurs, dit-il, mais s'il est au pôle Sud, j'espère que les manchots tournent autour de lui et le réchauffent.

— Je l'espère aussi, dit-elle.

— Bonne nuit !

— Bonne nuit !

6

UNE DISCUSSION
SUR ÉTIENNE BRÛLÉ

Le temps était venteux et pluvieux — c'était même dangereux de conduire le vieux Volks sur la 401 — et comme ils n'avaient pas la moindre envie de s'installer dans un camping, ils décidèrent de s'arrêter à Toronto et de prendre une chambre au YMCA.

Le YMCA était situé au 40 de la rue College. Ils avaient trouvé l'adresse dans la documentation du Club Automobile avec divers autres renseignements et, en particulier, une note qui avait attiré l'attention de Jack car elle disait que le premier Blanc à explorer la région où se trouvait l'actuelle ville de Toronto avait été Étienne Brûlé en 1615. Or, Étienne Brûlé était un des héros de son frère.

La Grande Sauterelle dit :

— Ça ne veut pas dire que Théo...

— Je sais, je sais, dit-il.

Quand ils étaient petits, à côté de la maison, il y avait un grand jardin avec des arbres, des fleurs, des balançoires et un kiosque ; il était bordé par une clôture en bois et par une haie de chèvrefeuilles. Ce jardin, ainsi que le terrain vague auquel il donnait accès par un arceau en bois, formait le cadre où se déroulaient, tous les soirs après l'école, d'interminables batailles opposant les Blancs et les Indiens du voisinage.

*

*   *

Ils entrèrent au YMCA et Jack demanda une chambre.

— Single or double ? fit le préposé à l'inscription.

Il avait parlé très vite, escamotant le dernier mot, et Jack comprit que l'homme voulait savoir s'il était célibataire ou marié. L'homme avait un visage osseux et le crâne chauve et il portait un T-shirt blanc sur lequel pendait un sifflet en plastique attaché à son cou. Il regardait la fille d'un œil soupçonneux.

— Single, répondit Jack après un moment d'hésitation.

— You don't seem quite sure.

— No, I'm sure, dit-il d'une voix raffermie.

Dans l'ascenseur, la Grande Sauterelle se moqua de lui. Ils avaient obtenu deux chambres distinctes, l'une au deuxième (l'étage des *female guests*) et l'autre au quatrième (l'étage des *male guests*), au lieu de partager une chambre à deux lits au troisième étage, où logeaient les gens mariés.

— Which floor ? demanda-t-elle en faisant semblant de ne pas le connaître.

— Quatrième, dit-il avec un air dépité.

— I see, dit-elle. You're single ?

Il haussa les épaules.

— You don't like women ?

Elle retroussa sa robe jusqu'à mi-cuisse.

— Are you sure ?

L'ascenseur s'arrêta au deuxième étage et la porte s'ouvrit, mais la Grande Sauterelle refusa de sortir.

— Vous avez manqué votre étage, dit-il, tandis que l'ascenseur reprenait sa course.

— J'ai une meilleure idée, dit-elle.

Au quatrième, elle sortit avec lui et le suivit jusqu'à sa chambre qui se trouvait au bout d'un long corridor ; il marcha très vite pour éviter d'être vu en sa compagnie.

La chambre était petite : un lit à une place, un bureau avec une lampe, une chaise en bois et, dans un coin, un évier surmonté d'une armoire à pharmacie. Ils posèrent sur le lit les deux valises et le sac de toile dans lequel se trouvait le chat. La fenêtre donnait une belle vue au sud et ils apercevaient l'hôtel de ville qui ressemblait à deux gigantesques mains recourbées et dressées vers le ciel.

— Ce doit être magnifique, le soir, avec toutes les lumières, dit la fille.

Elle enleva sa robe.

*
*   *

Les sacs d'école étaient abandonnés au pied d'un arbre.

Théo s'installait dans le kiosque du jardin et les Blancs et les Indiens se groupaient autour de lui. Il était le plus vieux et le plus grand et aussi le plus savant parce qu'il lisait toutes sortes de livres.

Il racontait l'histoire d'Étienne Brûlé. Il avait une façon spéciale de raconter : il faisait beaucoup de gestes et mimait les événements, alors tout le monde pouvait voir comment Étienne Brûlé, arrivant en Nouvelle-France avec Champlain, avait obtenu la permission de vivre avec les Indiens pour apprendre leur langue et était devenu à 18 ans le premier coureur de bois ; comment il vivait à la manière des Indiens, qui l'avaient adopté comme l'un des leurs, et comment il avait mené plusieurs expéditions dans la région des Grands Lacs et s'était dirigé vers le sud jusqu'à la baie de Chesapeake.

                                   *
                           *   *

— Me prêtez-vous une paire de jeans ? demanda la fille.

Elle n'avait sur elle qu'une petite culotte blanche.

— Bien sûr, dit Jack.

— Je vais me déguiser en *male guest*, dit-elle.

Il évitait de la regarder. Il fit le tour de la chambre en se grattant la tête, puis il fouilla dans le sac de toile.

— À votre place, je chercherais dans la valise, suggéra-t-elle calmement.

— La valise ?... Mais oui, évidemment. Où ai-je la tête ?

Les jeans se trouvaient bien dans la valise. Ils étaient de la bonne longueur, un peu larges à la taille, mais avec une ceinture, rien ne paraissait.

— Ils me vont très bien, dit-elle.

Elle mit ses mains dans les poches et pivota sur elle-même pour qu'il se rende compte. Les jeans étaient de marque U.F.O. et cette inscription apparaissait en haut de la fesse droite.

— On dirait qu'ils ont été faits sur mesure pour vous, dit-il en exagérant un peu.

Elle sourit.

— Je peux vous demander autre chose ?

— Mais oui, dit-il.

— Vous ne devinez pas ?

Il fit non de la tête.

Elle s'approcha et se campa juste devant lui, les mains sur les hanches.

— Vous ne voyez rien ?

— Rien de spécial, dit-il avec entêtement.

— Il me faut quelque chose pour aller avec les jeans. Une chemise ou quelque chose comme ça.

— Pourquoi pas un T-shirt comme vous en portez d'habitude ?

— À cause de *ça*, dit-elle en désignant sa poitrine. C'est vrai qu'ils sont petits, mais tout de même on les voit, non ?

— Bien sûr. D'ailleurs je les voyais tout le temps, si vous voulez le savoir.

— Alors vous comprenez pourquoi j'ai besoin d'une chemise, dit-elle. Le mieux, ce serait une chemise avec deux poches en avant. Les gens penseraient que j'ai quelque chose dans mes poches et c'est tout. Vous comprenez ?

Jack fouilla encore une fois dans la valise. Il trouva une chemise à manches longues, de couleur kaki et de coupe militaire, qui venait de chez Latulippe Surplus de Guerre, et elle avait justement deux poches à l'avant. La fille l'essaya et elle lui allait très bien. Ensuite elle enroula sa natte de cheveux et s'en fit un chignon. Sans attendre qu'elle le demande, il lui donna un chapeau et des souliers de tennis. Il aurait pensé que les «running shoes», comme elle disait, seraient trop larges pour ses pieds minces et allongés, mais ils lui allaient très bien comme le reste des vêtements. Elle avait parfaitement l'air d'un garçon.

— On va faire un tour dehors? proposa-t-elle en relevant les manches de la chemise jusqu'au coude.

Dans le couloir, elle se mit à siffloter. Elle arrêta un vieux monsieur pour lui demander l'heure et le vieux répondit: «Four o'clock, sir».

                        *
                  *   *

Au signal donné par Théo, le groupe se séparait en deux: les Blancs et les Indiens.

Tandis que les Blancs transformaient le jardin en forteresse, les Indiens se retiraient au fond du terrain vague où ils se préparaient au combat en étalant sur leurs visages les «couleurs de la guerre» qu'ils trouvaient dans diverses boîtes de cirage à chaussures; ils remplissaient leurs carquois de flèches à bout de caoutchouc et ils exécutaient une danse guerrière qui était accompagnée de cris rythmés par des battements de main sur la bouche. Ensuite les Indiens se mettaient à ramper derrière les taillis, le long des clôtures et sous la haie de chèvrefeuilles, et ils se lançaient à l'assaut du fort avec des hurlements hystériques. Lorsque la réserve de flèches était épuisée et que les Blancs et les Indiens en étaient rendus au corps à corps, Étienne Brûlé lui-même faisait son apparition et mettait un terme à l'affrontement en tirant un formidable coup de l'arquebuse que Champlain lui avait prêtée. Et quand ce n'était pas

Étienne Brûlé qui intervenait dans la bataille, c'était Daniel Boone avec sa veste de daim, ou bien Davy Crockett avec sa drôle de coiffure, ou encore le shérif Wild Bill Hickock, ou même Buffalo Bill avec sa vieille Winchester.

*

* *

Ils prirent à gauche, en sortant du YMCA, parce que la rue Yonge était de ce côté-là et aussi parce que la bibliothèque municipale se trouvait à deux coins de rue et que la Grande Sauterelle voulait «emprunter» un livre.

— Vous pensez à votre frère ? demanda-t-elle.

— Oui, dit-il.

— C'est facile à deviner.

— Pourquoi ?

La fille ne répondit pas.

— Je ne sais pas comment vous faites, dit l'homme. Vous avez toujours l'air de ne penser qu'à vous-même... Par exemple, vous marchez à côté de moi et, de toute évidence, vous avez beaucoup de plaisir à voir que les gens vous prennent pour un garçon — et pourtant vous êtes capable de dire ce qui se passe dans ma tête.

Ils arrivaient à la bibliothèque. L'édifice avait un aspect rébarbatif, mais l'intérieur était calme et accueillant. Des galeries avaient été aménagées autour d'un immense puits de lumière et il y avait partout du tapis et des plantes et même une petite fontaine qui murmurait discrètement au milieu d'une rocaille.

Un Pinkerton se tenait à l'entrée, près du comptoir, et la fille lui demanda à quel étage se trouvaient les livres d'histoire.

— Au quatrième, répondit-il en français.

Ils prirent l'ascenseur jusqu'au quatrième. Ils consultèrent le fichier et examinèrent plusieurs livres, et finalement la Grande Sauterelle arrêta son choix sur une étude qui s'intitulait *Toronto During the French Regime*. Une demi-heure plus tard, lorsqu'ils décidèrent de s'en aller, la fille dissimula le livre sous sa chemise en le coinçant avec la ceinture de ses jeans, mais elle ne put résister à l'envie de défier la vigilance du Pinkerton.

Elle s'approcha de lui, les bras croisés sur son livre.

— Cette bibliothèque a été construite en quelle année ? s'informa-t-elle.

— Aux alentours de 1977, répondit le Pinkerton.

Il paraissait avoir une cinquantaine d'années et il avait une barbe poivre et sel. Il parlait un français presque sans accent.

— C'est bien ce que je pensais, dit-elle en s'adressant à Jack. Théo ne peut pas être venu ici. La bibliothèque n'existait pas.

— Théo est mon frère, expliqua Jack. On ne sait pas au juste où il est et on le cherche partout. On sait seulement qu'il est allé à Gaspé il y a une quinzaine d'années, parce qu'on a retrouvé sa trace là-bas dans une bibliothèque. Ensuite on pense qu'il est allé à Saint Louis, dans le Missouri.

— Alors il serait passé par Toronto, compléta la fille.

— Et vous avez essayé de retrouver sa trace ici ?

— Pas vraiment. J'avais envie de lire un livre sur Étienne Brûlé, dit-elle en décroisant ses bras dans un geste de défi.

Le Pinkerton la considéra des pieds à la tête et arrêta un instant ses yeux sur la protubérance qui déformait sa chemise.

— Je vois que vous avez trouvé ce que vous cherchiez, dit-il avec un sourire complice.

— Vous n'êtes pas un *vrai* Pinkerton ? demanda la fille.

— Mon travail consiste plutôt à faire des recherches en philosophie, dit-il, mais les temps sont durs pour tout le monde et il faut bien gagner sa vie, n'est-ce pas ? Et puis j'aime les livres de toute façon.

— Je promets de le retourner par la poste, dit-elle pour s'excuser.

— Êtes-vous professeur ? demanda Jack.

— Étudiant, dit le Pinkerton. Ça peut vous paraître étonnant à cause de mon âge, mais c'est comme ça. Je ne me suis pas aperçu que le temps passait, alors j'ai étudié toute ma vie.

— Vous intéressez-vous à l'histoire ?

— Il faut connaître l'histoire si on veut être un bon philosophe... Mais pourquoi cette question ?

— Je voudrais savoir ce que vous pensez d'Étienne Brûlé.

Le Pinkerton caressa pensivement sa barbe.

— Est-ce que... vous avez une estime spéciale pour lui ? s'informa-t-il prudemment.

— N... non, pas exactement.

— Vous voulez une réponse franche ?

— Bien sûr.

— Je pense qu'Étienne Brûlé était un *bum*.

— Ah !...

Jack resta un moment la bouche ouverte et le Pinkerton demanda :

— Ce n'est pas un mot que vous employez au Québec ?

— Mais oui, dit Jack.

— J'ai dit quelque chose qu'il ne fallait pas dire ?

— Non, ça va.

Ils remercièrent le Pinkerton de ses renseignements et ils allaient prendre congé de lui lorsqu'il ajouta :

— À propos de votre frère, vous devriez peut-être aller à la centrale de police.

— Pour quelle raison ? demanda vivement Jack. Vous croyez que mon frère... ?

— Ce n'est pas ce que je veux dire ! Vous devriez aller voir parce qu'ils ont un excellent système de fiches. C'est la seule raison. Quand j'ai fait des recherches en histoire, par exemple, j'ai trouvé toutes sortes de choses intéressantes dans leur fichier. Si votre frère a fait un séjour à Toronto, ils ont peut-être des informations sur lui. Des fois, on ne trouve que des petites choses, mais elles peuvent aboutir à des découvertes importantes si on fait du... *cross checking*, comment dites-vous ça en français ?

— Des recoupements, dit Jack.

— C'est ça. Merci beaucoup.

— C'est moi qui vous remercie.

— Je téléphone à la centrale pour les prévenir, dit le Pinkerton en leur serrant la main. Et bonne chance dans vos recherches !

*
*   *

Ils furent reçus par une femme en uniforme qui n'avait pas bien saisi le coup de fil du Pinkerton.

— Alors vous cherchez un certain Étienne Brûlé ? demanda-t-elle dans un français laborieux.

Jack expliqua patiemment qu'il cherchait plutôt son frère Théo et que le dénommé Étienne Brûlé était un coureur de bois.

— Tant mieux ! dit la femme, parce qu'il ne reste pas beaucoup de coureurs de bois en Ontario. S'il y a un endroit où il en reste quelques-uns, ce doit être au Québec.

Ils la regardèrent pour voir si c'était une blague, mais non, elle était très sérieuse. Elle les conduisit à la section des archives qui se trouvait au sous-sol. Alors qu'ils s'attendaient à rencontrer un vieux policier au bord de la retraite, ils furent accueillis par un tout jeune homme à l'air naïf et aux joues imberbes. Jack lui indiqua le nom de son frère et le jeune policier, ouvrant un tiroir, se mit à manipuler les fiches du bout des doigts.

— Matricule 5289, dit-il, et il plaça un crayon devant la fiche qu'il venait de découvrir.

Il les entraîna dans une autre pièce en marmonnant le numéro et il consulta un deuxième fichier.

— On a de la chance, dit-il.

— Pourquoi ? demanda la Grande Sauterelle.

— Parce qu'il y a un microfilm. Juste une seconde...

Il fouilla dans un comptoir, sortit une cassette et l'installa sur une visionneuse devant laquelle il les invita à s'asseoir.

— Vous savez comment ça fonctionne ?

— Oui, dit la fille.

Il mit lui-même l'appareil en marche et, reculant d'un pas, il se pencha pour examiner la première image ;

elle était un peu floue et il tourna un bouton pour la mettre au foyer.

— Ça vous va ?

— Très bien, dit Jack.

Mais le jeune policier continuait de regarder l'image. La Grande Sauterelle se tourna vers lui :

— L'image est parfaite, dit-elle fermement et elle le regarda avec une telle insistance qu'il tourna les talons et se retira dans l'autre pièce.

La première image montrait une fiche de renseignements généraux sur laquelle figuraient le nom de Théo, le prénom de son père, son âge (45 ans), sa date de naissance, son occupation (voyageur) et le numéro de son permis de conduire ; sous la rubrique « motif de la plainte », il y avait ces mots : arme à feu sans permis.

Les images suivantes reproduisaient le texte d'un interrogatoire qui portait sur deux éléments particuliers :

A) Aux questions qui lui étaient posées concernant son occupation, Théo répondait « voyageur » et il paraissait incapable d'expliquer à la satisfaction du policier en quoi cette occupation consistait et comment elle lui permettait de gagner sa vie.

B) Cette histoire d'arme à feu n'allait pas plus loin que la « simple possession ».

La dernière image faisait voir les affaires de Théo en gros plan :

- un revolver
- un vieux chapeau de Camargue
- un chronomètre
- un portefeuille avec $ 32.58
- *On the Road* de Jack Kerouac
- un couteau de poche suisse

- la photo d'une fille avec l'inscription «Claudia, Saint Louis»
- un livre intitulé *The Oregon Trail Revisited.*

*
* *

Ils revinrent au YMCA.

Jack fit une sieste pendant que la fille lisait son livre, ensuite ils prirent le chat avec eux et sortirent pour aller manger quelque chose dans un restaurant de la rue Yonge. La fille avait gardé son costume de garçon.

L'homme ne parlait pas beaucoup.

— Fatigué? demanda la fille.

— Pas trop, dit-il. Et vous?

— Ça va bien. Et le chat est en grand forme, lui aussi.

Elle avait commandé un club sandwich avec un coke et elle donnait des morceaux de poulet au chat qu'elle tenait sur ses genoux. L'homme grignotait distraitement son hamburger et il buvait un verre de lait.

— Vous ne mangez pas beaucoup, dit-elle. Vous êtes inquiet pour Théo à cause du dossier de police?

— Parlez-moi d'Étienne Brûlé, dit-il au lieu de répondre. Est-ce que l'auteur de votre livre le considère comme un *bum*?

Il y avait de l'agressivité dans sa voix et aussi un mélange de tristesse et de lassitude, et la fille ne répondit pas tout de suite. Elle prit le livre qu'elle avait apporté dans son sac de toile et elle se mit à tourner les pages sans se presser.

— L'auteur n'a pas une très bonne opinion de lui, commença-t-elle prudemment.

— Pourquoi ? Qu'est-ce qu'il a fait ?

— Il a... Vous savez, lorsque les frères Kirke ont lancé une attaque sur Québec en 1629...

— Oui. Et alors ?

— C'est lui qui a guidé l'expédition anglaise sur le Saint-Laurent. Il a trahi son pays.

— Ça commence bien !... Et qu'est-ce qu'on lui reproche à part ça ?

— On lui reproche sa conduite avec les Indiens. Ou plutôt avec les Indiennes. Il passait son temps à changer de femme. L'auteur dit... Attendez un peu. Ah oui, c'est ici : «He changed Indian wives as rapidly and as frequently as he changed his horizons in his restless roaming across the land.»

— *So what ?* fit l'homme.

— Et Champlain dit de lui : «L'on recognoissaoit cet homme pour estre fort vicieux, adonné aux femmes.»

— Champlain était scrupuleux comme tous les gens de son époque, vous ne pensez pas ?

— C'est fort probable, dit-elle.

— Et les Indiens avaient des mœurs sexuelles plus libres que les Blancs, n'est-ce pas ?

— Oui. Évidemment.

— Dans le domaine sexuel, poursuivit-il, je trouve qu'on devrait avoir le droit de tout faire à condition de respecter la liberté de l'autre.

— C'est ce que je pense aussi, dit la fille. Mais dans le cas d'Étienne Brûlé...

Elle donna un morceau de poulet au chat.

— ... il est arrivé quelque chose, on ne sait pas au juste ce qui s'est passé, mais il a fait une chose qui était contraire aux mœurs de la tribu dans laquelle il vivait et les Indiens l'ont... Ils ont perdu patience et ils l'ont mis à mort.

— Bon Dieu ! fit Jack.

Il avait l'air assommé, comme un homme qui vient de recevoir une mauvaise nouvelle concernant un de ses proches.

— Je suis désolée, dit la fille.

L'homme ne trouva rien à dire et il haussa les épaules. Ils se mirent à manger en silence. À la fin du repas, la fille demanda :

— Est-ce que je peux faire semblant d'être une grande psychologue ?

— Mais oui, dit-il d'une voix morne.

— C'est pas Étienne Brûlé que vous cherchez à défendre, c'est votre frère Théo. Vous avez peur que votre frère ait fait quelque chose de mal... mais comme cette idée vous déplaît, vous la refoulez dans votre inconscient et, au lieu de défendre la conduite de votre frère, vous défendez celle d'Étienne Brûlé.

Jack réfléchit quelques instants.

— Vous avez peut-être raison, dit-il. J'admets que, dans le fond, c'est à Théo que je pense. Probablement que je me sens coupable de quelque chose. Mais de quoi ? C'est difficile à dire parce qu'il y a toujours de la brume dans ma tête...

— Vous avez déjà dit ça, dit la fille en souriant.

— Excusez-moi. Où est-ce que j'en étais ?

— Vous disiez que vous vous sentiez coupable...

— Ah oui. Je me sens coupable... de ne pas avoir aidé mon frère au moment où il avait besoin de moi. Voilà, je pense que c'est ça.

Il tenta d'expliquer à la fille comment il voyait les choses. La carte postale que son frère — quinze ans plus tôt — lui avait envoyée de Gaspé était une sorte d'appel au secours, un signal de détresse. Mais il n'avait pas compris et ce, pour deux raisons : premièrement, à cette époque il était occupé à écrire un roman, ce qui l'empêchait d'être attentif à ce qui se passait autour de lui ; deuxièmement, Théo avait rendu le message difficile à déchiffrer parce qu'il était trop fier pour demander du secours en termes clairs. Il comprenait tout ça maintenant et il se sentait coupable à la pensée que son frère l'avait attendu pendant de longues journées à Gaspé, qu'il avait ensuite repris la route, probablement sur le pouce, avec l'intention peut-être de se rendre à Saint Louis, où il connaissait cette fille qui s'appelait Claudia, et qu'il avait eu des ennuis avec la police de Toronto à cause de cette histoire de revolver.

— Et peut-être qu'ils l'ont mis en prison, ajouta la fille.

— Pourquoi ? demanda-t-il, mais cette fois sans agressivité.

— Il n'avait pas de quoi payer l'amende, dit-elle. Tout ce qu'il avait sur lui, c'était $ 32.58.

— C'est vrai.

— Mais ce n'est pas bien grave d'aller en prison. Ça m'est arrivé une fois et mon père y est allé plusieurs fois.

— Ah oui ?

— Et puis, je trouve qu'on est chanceux d'avoir retrouvé sa trace, dit-elle. Après tout, il y a deux millions et demi de personnes à Toronto.

— Vous avez raison. Et je trouve que vous êtes une très grande psychologue.

— Merci. Je vous embrasse.

— Je vous embrasse aussi, dit-il. Vous êtes très intelligente et très belle.

— Et vous, vous êtes le plus bel homme que j'aie jamais rencontré.

Elle éclata de rire.

— On est les deux plus grands menteurs de l'Amérique du Nord ! dit-elle.

Ils étaient très gais lorsqu'ils sortirent du restaurant. La rue Yonge commençait à s'illuminer et ils déambulèrent sur le trottoir, dans un sens puis dans l'autre, en regardant les gens et les vitrines. La Grande Sauterelle se sentait très à l'aise dans son costume de garçon. Le chapeau de tennis enfoncé sur les yeux, elle dévisageait tout le monde et faisait des commentaires sur les gens bizarres ; elle se retournait sur le passage des filles et elle sifflait.

La fille avait lu, dans la documentation du Club Automobile, que l'immeuble de la Royal Bank Plaza était fait avec des panneaux de verre saupoudrés de poussière d'or. Ils prirent le métro jusqu'à la gare ferroviaire de l'Union, dans la rue Front, et tout à coup, en sortant du métro, juste en face de la gare, ils aperçurent le fameux immeuble dans la lumière du soleil couchant. Au milieu des édifices mornes et gris, il pointait ses deux triangles dorés vers le ciel.

Ils traversèrent la rue comme des automates sans regarder s'il venait des autos et ils s'approchèrent de l'immeuble pour en faire le tour et l'examiner sous tous les angles. La lumière paraissait venir de l'intérieur, elle était vive et chaleureuse comme du miel et ils ne pouvaient pas s'empêcher de penser à l'Or des Incas et à la légende de l'*Eldorado*. C'était comme si tous les rêves étaient encore possibles. Et pour Jack, dans le plus grand secret de son cœur, c'était comme si tous les héros du passé étaient encore des héros.

7

LA VIE SECRÈTE
DU MINIBUS VOLKSWAGEN

Se réconcilier avec elle-même.

Voilà ce que la Grande Sauterelle voulait faire et il fallait pour cela qu'elle dorme dans le cimetière à côté de la tombe du vieux chef Thayendanegea.

Au coucher du soleil, Jack conduisit la fille au cimetière. Il faisait semblant de trouver que son projet était la chose la plus naturelle au monde. Il n'avait émis aucune protestation lorsque, après seulement quelques heures de route (ils n'étaient pas rendus plus loin que Kitchener), elle lui avait demandé de laisser de nouveau la 401 pour se rendre cette fois à Brantford, où était enterré le vieux chef que les Blancs appelaient Joseph Brant.

Il savait que Joseph Brant avait été un grand guerrier de la tribu des Mohawks, qu'il avait combattu aux côtés des Anglais et qu'il était demeuré fidèle à la Couronne britannique au moment de la Révolution américaine.

C'est tout ce qu'il se rappelait, mais la Grande Sauterelle en savait plus long que lui ; elle avait fait allusion au rôle important que les femmes jouaient au sein de la confédération des Six-Nations, dont les Mohawks faisaient partie, et elle avait l'air de croire que, d'une façon ou d'une autre, le vieux chef pouvait l'aider à se connaître elle-même.

Jack stoppa le Volks devant le cimetière. La fille enleva son costume de garçon, elle mit une robe et prit avec elle son sac de couchage, le chat et une lampe de poche. La grille du cimetière était fermée avec une chaîne et un cadenas, mais ils n'eurent pas de mal à sauter le mur. L'allée principale menait à une petite chapelle blanche aux fenêtres en ogive, autour de laquelle une trentaine de tombes étaient disséminées parmi les arbres et les bosquets. C'était un tout petit cimetière. Ils se déplacèrent avec précaution entre les pierres tombales en déchiffrant les inscriptions à la lueur de la lampe de poche. Tout contre le mur de la chapelle, du côté droit, ils trouvèrent la tombe de Thayendanegea ; elle était protégée par une clôture de fer.

— C'est ici, chuchota la fille.

Dans l'enceinte où reposait le vieux chef, il y avait également la tombe de son fils Aheyouwehs et, un peu à l'écart, celle de sa femme (son nom n'était pas indiqué). À quelques pas de la clôture, ils virent aussi la tombe d'une poétesse mohawk qui s'appelait Pauline Johnson. La Grande Sauterelle décida d'installer son sac de couchage dans le petit espace qui séparait les sépultures du vieux chef et de la poétesse. Elle éteignit la lampe de poche.

— Je serai très bien pour dormir, dit-elle.

— Vous n'avez pas peur d'avoir froid ? demanda-t-il.

— Pas du tout.

— Je peux vous prêter les grandes combines, si vous voulez.

— C'est gentil, mais...

— Elles sont *thermos*, insista-t-il. Elles sont garanties même pour le Grand Nord.

— Merci, dit-elle avec douceur. Mon sac de couchage est très chaud et je pourrais même dormir dans la neige si je voulais.

Le chat était parti, mais de temps en temps ils voyaient ses yeux bleus qui luisaient entre les pierres tombales. La lune était levée et déjà quelques étoiles brillaient dans le ciel.

— Bonne nuit, dit-elle. Merci de m'avoir amenée et de ne pas avoir posé de questions.

— C'est rien, dit-il. Bonne nuit !

Il fit quelques pas et puis il revint.

— S'il arrivait quelque chose, vous savez comment vous rendre au camping ?... Vous prenez la route qui suit la rivière et...

— Bien sûr, dit-elle.

— Bonne nuit ! dit-il. Dormez bien !

— Vous aussi !

Il hésita un moment, puis il dit :

— Bonne nuit au vieux chef Thayendanegea !

— Bonne nuit ! murmura la fille comme un écho.

— Bonne nuit à son fils Aheyouwehs et à son épouse qui n'a pas de nom ! Et bonne nuit à Pauline Johnson !

— Bonne nuit !

— Bonne nuit à tous ceux qui dorment ici! dit-il
encore avant de s'en aller.

— Bonne nuit à vous et au vieux Volks, répondit-elle.

*
*   *

Le camping se trouvait au bord de la Grand River.
C'était en réalité un vaste parc dont une section avait
été aménagée en terrain de camping avec l'eau, l'électricité, des tables à pique-nique et des toilettes.

Jack était installé tout près de la rivière et il n'avait
pas de voisin immédiat. Assis sur la table à pique-nique,
il passa une heure à ne rien faire d'autre qu'écouter le
bruissement des insectes dans l'obscurité, rêver à des
choses vagues et grignoter des biscuits au chocolat.
Finalement, les maringouins et les petites mouches
noires le forcèrent à regagner le minibus. Il ouvrit la
radio et il écouta distraitement les informations de neuf
heures moins cinq et les prévisions de la météo tout en
examinant une carte routière pour savoir quelle distance
il leur restait à franchir avant d'atteindre la frontière
américaine. Ensuite il se mit à lire un des volumes de la
Grande Sauterelle qui s'intitulait *Les Indiens du Canada*,
mais cette lecture lui rappela qu'il n'avait pas encore la
moindre idée de ce qu'allait être son prochain roman,
alors il referma le volume, rabattit la banquette et
s'allongea tout habillé sur le lit.

L'homme aimait beaucoup le vieux Volks.

Lorsqu'il l'avait acheté, l'année où il avait obtenu un
prix littéraire, le Volks était déjà vieux de quatre ans et
rongé par la rouille. Il avait refait presque toute la
partie inférieure de la carrosserie en utilisant des feuilles
de tôle galvanisée qu'il avait découpées, recourbées et
fixées avec des rivets, puis il avait repeint le véhicule
avec une peinture antirouille. La tôle épaisse et les gros

rivets donnaient au minibus une allure de camion
blindé. Sous la nouvelle tôle, cependant, la rouille
continuait à faire son œuvre et on pouvait le constater
lorsque le Volks quittait un espace de stationnement : il
laissait sur le sol une fine poussière de métal rouillé.

De vieilles factures, que Jack avait trouvées dans le
coffre à gants en faisant le ménage, révélaient que le
Volks avait été acheté en Allemagne ; il avait parcouru
l'Europe et traversé l'Atlantique sur un cargo, ensuite il
avait voyagé le long de la côte Est, depuis les Provinces
Maritimes jusqu'au sud de la Floride. Au fond d'un
compartiment à bagages, on voyait des coquillages et
des pierres de couleur. Dans l'armoire qui se trouvait à
l'arrière de la banquette, il y avait une odeur de parfum
bon marché qui se répandait parfois dans le véhicule
durant la nuit, lorsque le temps était chaud et humide.
Et on remarquait ici et là, sur les murs ou à l'intérieur
des portes d'armoire en contre-plaqué, toutes sortes de
graffiti ; une mystérieuse inscription en allemand, sous
le pare-soleil du conducteur, se lisait comme suit : *Die
Sprache ist das Haus des Seins.*

La parole est la maison de l'être

Sans doute à cause de son âge, le Volks avait ses
habitudes et ses manies. Par exemple, les ceintures de
sécurité : une fois qu'elles étaient bouclées, il était très
difficile de les détacher et on avait l'impression que le
Volks ne voulait pas se résigner à laisser partir les gens.
De même, les essuie-glace : ils s'arrêtaient quand on
fermait le bouton de commande, mais tout à coup, mus
par la crainte d'avoir oublié quelque chose, ils se
remettaient en marche et faisaient un tour supplé-
mentaire avant de s'arrêter définitivement. Mais la
principale caractéristique du minibus était qu'il n'aimait
pas du tout se faire bousculer. Tant qu'il n'était pas
réchauffé, le matin, il aimait mieux rouler à vitesse
réduite. En toute circonstance, il avait horreur qu'on le
pousse au delà de sa vitesse de croisière, qui était de

cent kilomètres à l'heure, et le conducteur impatient qui dépassait cette limite pouvait s'attendre à toutes sortes de protestations : le pare-soleil tombait soudainement et lui masquait la vue, ou bien le toit se décrochait et menaçait de se soulever, ou encore le moteur ou la boîte de vitesses faisaient entendre des bruits suspects.

Le vieux Volks avait parcouru 195 000 kilomètres dans sa vie et il entendait faire respecter son âge, son expérience et ses petites habitudes.

*
* *

Le soleil était déjà levé quand Jack se réveilla en sursaut. Comme il voulait être là avant l'arrivée du gardien, il ne prit pas le temps de manger ni de se raser et il se hâta d'aller au cimetière.

La Grande Sauterelle était assise au soleil, le dos appuyé contre le mur blanc de la chapelle.

— Avez-vous bien dormi ? demanda-t-il.

— Très bien, dit-elle.

— Vous n'avez pas eu froid ?

— Non. Seulement un peu, vers cinq heures du matin, ensuite le soleil m'a réchauffée.

— Le petit chat n'est pas là ?

— Il est allé se promener quand je me suis mise à faire de la gymnastique... Vous ne demandez pas s'il s'est passé quelque chose de spécial ?

— Je ne voulais pas... Est-ce qu'il s'est passé quelque chose de spécial ?

— Il ne s'est rien passé du tout, dit-elle un peu tristement. Je veux dire : je me sens exactement comme avant. Il n'y a aucune différence. Échec total.

— Je le regrette beaucoup.

— Merci... D'abord, il y a eu cette histoire de la femme de Thayendanegea qui... je veux dire, elle n'a pas de nom et j'ai passé une partie de la soirée à me demander pourquoi et je me suis posé toutes sortes de questions sur le vieux chef — comment il traitait sa femme et tout ça — et ensuite je me suis demandé pourquoi il aimait la guerre, pourquoi il se battait contre les Français et contre les Mohicans de la vallée de l'Hudson, et finalement, au bout de mes questions... je me suis rendu compte que j'avais perdu confiance en lui. Voilà, c'est tout.

— Et alors, qu'est-ce que vous avez fait ? demanda Jack.

— Rien. Je me suis endormie, dit-elle avec une grimace comique.

— Avez-vous rêvé à quelque chose ?

— Oui. J'ai rêvé à ma mère.

Elle roula son sac de couchage et mit la lampe de poche à l'intérieur.

— Racontez un peu, pour voir... proposa-t-il.

— J'ai rêvé à des choses qu'elle me racontait autrefois pour m'endormir. Elle me racontait comment les choses se passaient quand elle-même était petite. Avec ses parents, à l'automne, elle quittait le bord de la rivière où ils avaient passé l'été à pêcher et ils s'en allaient dans le nord pour chasser et trapper durant l'hiver, comme le faisaient les autres familles de la tribu. Les femmes s'occupaient de préparer les peaux que les chasseurs apportaient à la cabane en revenant de leurs expéditions et parfois elles participaient à la chasse. Les enfants étaient libres de faire ce qu'ils voulaient et ils n'étaient pas punis lorsqu'ils commettaient des erreurs de jugement. Ma mère disait que les Indiens ne souffraient jamais du froid et qu'ils ne manquaient jamais de nourriture. Quand une tempête de neige durait plusieurs jours et empêchait les chasseurs de ramener de la viande fraîche, ils mangeaient le poisson séché et fumé qu'ils avaient apporté du sud et personne ne se plaignait. Voilà, c'était mon rêve.

— Alors vous ne pouvez pas dire qu'il ne s'est rien passé du tout, dit l'homme. Vous voyez bien...

— C'est vrai, dit-elle. En plus, je me suis rappelé une phrase d'un autre chef indien. Le grand chef Joseph. Il disait : « Mes jeunes gens ne travailleront jamais, les hommes qui travaillent ne peuvent rêver, et la sagesse nous vient des rêves. »

— C'est une belle phrase, dit-il. Est-ce qu'il y a autre chose ?

— Non ! dit-elle en riant. On s'en va ?

8

UN ENDROIT BIEN TRANQUILLE

— Where are you from? demanda l'agent des douanes.

— Québec, dit Jack.

— Where are you heading?

— Saint Louis, Missouri.

— How long will you be there?

— I don't know.

L'agent des douanes, qui notait les renseignements sur une fiche, mordilla le bout de son stylo. Il était plus de quatre heures de l'après-midi et, derrière le Volks, une longue file d'automobilistes attendaient leur tour de passer la frontière entre Windsor et Detroit.

— Vacation or work? demanda l'agent.

Jack se mit à hésiter.

— I'm looking for my brother, dit-il.

— Are you ?... And what do you do for a living ?

— I'm a writer.

L'agent griffonna quelques mots au bas de la fiche.

— Park your truck over there and go to the Immigration Service, dit-il à Jack en lui remettant la fiche. Give this paper to the officer. And take some identification with you. Passport or driver's licence. Understand ?

Jack rangea le Volks à l'endroit que l'agent lui indiquait. Il se rappela tout à coup que le chat n'avait pas été vacciné et il demanda à la Grande Sauterelle de le mettre dans le capuchon de son chandail au cas où l'on viendrait fouiller le minibus. Au bureau de l'immigration, il fut reçu par une fille aux cheveux très courts et à l'air sévère. Il lui remit la fiche et son permis de conduire et il dit en souriant :

— I don't know why they sent me here. I don't want to emigrate to the United States !

La fille le regarda froidement. Elle examina les papiers et elle se mit à poser les mêmes questions que l'agent des douanes. Ensuite elle demanda :

— What do you write ?

— Novels, dit Jack.

— What kind of novels ?

C'était la question classique et il n'avait jamais réussi à trouver une réponse satisfaisante. Combien y avait-il de sortes de romans ? Dans quelle catégorie fallait-il mettre les siens ? Pour répondre à ces questions, il aurait d'abord fallu qu'il fût en mesure de dire quel était le sujet principal de ses romans... Or, il en était incapable pour la simple raison que l'écriture était pour lui non pas un moyen d'expression ou de communication, mais plutôt une forme d'exploration. Chacun de ses romans avait été écrit de la façon suivante : dans un certain décor, il avait mis deux personnages en présence l'un de l'autre et il les avait regardés vivre en intervenant le moins possible.

— Love ? Adventure ? insista la fille.

Jack se décida pour le premier mot parce qu'il englobait le second.

— Love, dit-il en regardant la fille dans les yeux. Il s'attendait à voir quelque chose de spécial dans ses yeux, un éclair, un signe de complicité ou d'intelligence — une lueur quelconque. Mais la fille avait des yeux gris et froids comme l'acier et son visage était de marbre.

Elle posa des questions sur Théo. Depuis quand était-il à Saint Louis ? Quelle était son adresse ? Quel métier exerçait-il ? Était-il devenu citoyen américain ? Elle finit par se lasser de n'obtenir que des réponses vagues et elle le pria de rester dans le local du service de l'immigration pendant qu'elle allait inspecter le Volks-wagen. Par la fenêtre, Jack vit que la Grande Sauterelle s'éloignait du minibus avec le chat dans son capuchon. La fille aux yeux gris revint dix minutes plus tard et elle déclara qu'il pouvait partir.

— Everything's in order, dit-elle.

— May I ask you a question ? demanda Jack.

— Sure.

Il construisit la phrase dans sa tête, puis il demanda :

— Was I suspected because I'm a writer ?

— No. Because you don't seem to know anything, dit la fille.

— Maybe that's why I'm a writer, plaisanta Jack.

— I think you'd better go, dit-elle, et l'homme eut le sentiment très net qu'il valait mieux ne pas insister.

À l'entrée de la ville, ils s'arrêtèrent à un centre d'accueil des visiteurs, mais il était fermé.

— Quelle heure est-il ? demanda la Grande Sauterelle.

— Cinq heures moins cinq, dit-il. Qu'est-ce qu'on fait ?

— Tout dépend si vous voulez ou non chercher la trace de Théo.

— Ça ne me dit rien. La ville est grise et sale. J'ai hâte qu'on soit rendus à Saint Louis. Et vous, qu'est-ce que vous avez envie de faire ?

— Si on trouvait un bureau de poste, j'aimerais bien poster le livre que j'ai emprunté à Toronto, dit-elle.

— D'accord, dit-il.

— Et une autre petite chose... J'ai lu quelque part dans la documentation sur Detroit qu'il y avait une murale de Diego Rivera dans un musée, alors je voudrais jeter un petit coup d'œil... vraiment un tout petit coup d'œil. Ça ne vous ennuie pas trop ? De toute façon, le musée ferme à cinq heures trente.

— Ça va, dit-il. Mais ensuite on reprend la route et on fait un bout de chemin avant la nuit. D'accord ?

— D'accord. On commence par le musée ?

— Oui. Et on ne cherche pas la trace de mon frère.

— Promis, dit-elle.

Le musée s'appelait le Detroit Institute of Arts et la Grande Sauterelle savait exactement comment s'y rendre. Ils prirent l'autoroute 75 vers le nord, puis la 94 vers l'ouest, et ils descendirent l'avenue Woodward jusqu'au musée. Après avoir acheté les billets d'admission, ils grimpèrent au deuxième étage, traversèrent plusieurs salles au pas de course et il était cinq heures quinze lorsque, tout essoufflés, ils débouchèrent dans la grande salle où se trouvait la murale de Rivera.

La salle mesurait près de dix mètres de hauteur et elle était éclairée par la lumière naturelle qui venait du plafond en verre. L'œuvre de Rivera couvrait les quatre murs de la pièce. Elle représentait, en des tons où dominaient le vert pâle, le jaune pâle et surtout le gris, de gigantesques machines industrielles autour desquelles s'affairaient des ouvriers aux visages sans expression.

Les machines, ils le constatèrent en examinant les diverses parties de la murale, étaient celles de l'industrie de l'automobile. Sur le mur du côté nord, des ouvriers fabriquaient des moteurs : ils préparaient la fonte, moulaient des blocs-cylindres et actionnaient deux énormes appareils servant à percer des ouvertures pour les pistons et les valves. Sur le mur du sud, les ouvriers travaillaient à une chaîne d'assemblage, à gauche de laquelle se trouvait un convoyeur et, à droite, une presse géante qui moulait des pièces de carrosserie.

Tous les visages étaient immuablement sérieux, presque solennels, et cette gravité ajoutait à l'impression d'austérité qui se dégageait des couleurs ternes. L'ensemble était lourd, triste et accablant.

Au moment où un gardien annonçait que l'heure de la fermeture était arrivée, ils aperçurent en plein milieu de la murale, sur le mur du côté sud, une petite tache rouge vif. En s'approchant, ils virent qu'il s'agissait d'une automobile sortant de la chaîne d'assemblage. La chaîne était disposée de telle manière qu'elle s'éloignait de l'observateur, et l'automobile semblait toute petite à l'autre bout. La minuscule auto rouge était la seule tache de couleur vive dans l'immense murale de Rivera.

Non loin du musée, ils trouvèrent un bureau de poste où la Grande Sauterelle posta son colis. Ils laissèrent le Volks dans le stationnement de l'immeuble. Ils étaient fatigués et déprimés et ils avaient faim. Ils avaient envie de manger quelque chose et de marcher un peu avant de reprendre la route.

Ils avalèrent une soupe et un sandwich dans un snack-bar. Ensuite ils se mirent à se promener aux alentours.

Ils traversèrent un parc.

Le parc n'avait rien de spécial : des arbres, des fleurs, des bancs, une allée transversale ; des Noirs étaient assis et buvaient de la bière. C'était un endroit tranquille.

Le soleil allait se coucher.

Ils marchèrent au hasard. Il n'était que sept heures trente du soir et pourtant les rues étaient presque désertes.

Jack n'avait pas le sens de l'orientation : il tournait deux coins de rue et il était complètement perdu. La fille, par contre, était capable de marcher pendant une heure en tournant à gauche ou à droite selon l'inspiration du moment, et elle savait toujours exactement où elle était rendue.

Parfois l'homme mettait en doute ce qu'elle disait.

Ce soir-là, ils marchèrent durant une heure environ, puis la Grande Sauterelle affirma qu'ils étaient revenus sur leurs pas.

— Êtes-vous sûre ? demanda Jack.

— Mais oui, dit-elle, regardez là-bas : c'est le parc qu'on a traversé tout à l'heure. Le bureau de poste est juste de l'autre côté.

— Ah oui ? Vous croyez ?

La fille vit un homme qui s'avançait vers eux sur le trottoir. Il portait un étui à violon et un sac d'épicerie.

Elle lui demanda :

— Excuse me, sir. Could you tell me where the Post Office is ?

— Right over there, dit le musicien en pointant son étui à violon dans la direction que la fille avait indiquée à Jack.

— On the other side of the park ?

— Yes. A few streets beyond it. Five minutes walk or so.

— Thank you.

— Thank you very much, dit Jack.

— You don't live around here ? demanda le musicien.

— No, dit la fille.

— We are from Québec, dit Jack.

Le musicien les considéra un moment avec une sorte de sympathie, puis il dit :

— Go back to your hotel... The sun's gone down and it's getting real dark.

— Why do you say that ? demanda la fille.

— This is a rough town. You don't go out on the street after sunset.

Ils se regardèrent, tout interdits.

— Go back to your hotel if you want to stay alive ! dit brusquement le musicien.

Ils le remercièrent et, très rapidement, ils traversèrent la rue. Ils allaient s'engager dans l'allée qui coupait le parc en diagonale lorsqu'un cri les fit se retourner.

— NO !

Planté sur le trottoir, de l'autre côté de la rue, le musicien les observait.

Il leur cria :

— DO YOU WANT TO GET KILLED, YOU FOOLS ? DON'T GO *THROUGH* THE PARK ! GO *AROUND* IT !!!

9

LA CHANSON LA PLUS TRISTE
AU MONDE

Prenant le volant à Detroit, la Grande Sauterelle conduisit le Volks sans arrêt pendant deux heures sur la 94, puis elle céda sa place à Jack. Il déclara qu'il se sentait en forme et qu'il allait conduire jusqu'au lac Michigan et peut-être même jusqu'à Chicago.

L'homme avait quelques manies. En conduisant, il n'arrêtait pas de grignoter des biscuits qu'il prenait dans un sac placé entre le siège et la portière, et de temps en temps il se mettait à parler au vieux Volks ; il lui disait toutes sortes de choses comme, par exemple : « Ça va, mon vieux ?... Pas trop fatigué ?... Voudrais-tu qu'on s'arrête un peu ? »

Entre l'homme et la fille, il y avait une convention tacite : celui des deux qui ne conduisait pas devait raconter des choses à l'autre pour éviter qu'il ne s'endorme au volant.

Ils discutèrent un peu de la murale de Rivera. Ils s'entendaient sur l'idée que l'auto rouge était le symbole

du bonheur et que Rivera avait voulu dire une chose
très simple : le bonheur est rare et pour l'obtenir il faut
beaucoup d'efforts, de peines et de fatigues. La fille dit
que la même idée se trouvait dans une chanson de
Georges Brassens et elle se mit à chanter :

> Rien n'est jamais acquis à l'homme.
> Ni sa force Ni sa faiblesse ni son cœur.
> Et quand il croit Ouvrir ses bras,
> son ombre est celle d'une croix.

— C'est un poème d'Aragon, dit-elle. Connaissez-
vous ça ?

— Bien sûr, dit-il sans quitter des yeux l'autoroute
grise et morne.

— J'aime beaucoup quand il dit «ni son cœur»,
dit-elle.

— Moi aussi.

— Peut-être bien que c'est la chanson la plus triste
au monde.

— C'est possible.

Il connaissait d'autres chansons tristes et il en chanta
quelques-unes, dont *Un Canadien errant*, et la fille en
chanta deux ou trois elle aussi, et finalement ils décidèrent d'instituer un concours qui allait porter le nom
de *Concours de la chanson la plus triste au monde*.

Il y eut un long moment de silence, puis la fille dit
que le moteur du Volks tournait bien ; les soupapes
faisaient un peu de bruit mais tout semblait normal.
Elle avait une grande affection pour le Volks, même s'il
était vieux et lent et capricieux. Elle le trouvait juste
assez grand pour deux. Et il était aménagé d'une
manière si commode avec le toit qu'on pouvait relever
et la table qu'on dépliait lorsqu'on voulait faire la
cuisine, et la banquette qui se transformait en lit à deux

places quand on voulait dormir ; on n'avait qu'à tirer les
rideaux et on était chez soi. C'était comme une maison...
La fille n'avait jamais eu de vraie maison. Elle était
venue au monde dans une roulotte parce que sa mère,
en épousant un Blanc, avait perdu la maison qu'elle
possédait sur la réserve de La Romaine ; elle avait été
expulsée et elle avait perdu son statut d'Indienne. Mais
les Blancs, de leur côté, la considéraient toujours comme
une Indienne et ils avaient refusé de louer ou de vendre
une maison aux nouveaux mariés. Finalement, ses
parents avaient acheté une roulotte.

Elle raconta que, la veille, elle avait justement pensé
à la roulotte de son père à cause d'un panneau de
signalisation, entre Chatham et Windsor, qui indiquait
le *comté de Merlin*. Le panneau lui avait rappelé que, dans
la roulotte de son père, il y avait les treize volumes de
l'Encyclopédie de la Jeunesse et que, lorsqu'elle était
petite, elle lisait dans un de ces volumes une histoire qui
parlait de l'Enchanteur Merlin. Il y avait le roi Arthur et
son épée miraculeuse qui s'appelait Excalibur. Et sire
Lancelot du Lac. Il y avait des chevaliers qui étaient à la
recherche du Saint-Graal. Elle se rappelait une illustration, sur la page de droite, qui montrait un jeune et
noble chevalier à côté d'un cheval blanc ; il faisait une
halte au milieu de la forêt et son visage était illuminé
par la vision du Saint-Graal ; et sous l'illustration un
texte disait :

> Sire Galahad
> Sa force valait celle de dix hommes
> Parce que son cœur était pur.

De temps en temps, au bord de la route, il y avait un
autre panneau de signalisation qui disait *Soft shoulder*. La
fille déclara que c'était le panneau qu'elle préférait ; elle
n'aimait pas l'expression française «accotement mou»,
mais chaque fois qu'elle voyait *Soft shoulder*, elle pensait à
toutes sortes de choses agréables : la douceur d'une

épaule, un endroit où reposer sa tête, l'amitié et la chaleur de quelqu'un. Ensuite elle dit qu'elle se trouvait très comique avec ses histoires de chevaliers et de panneaux de signalisation, et que c'était probablement la fatigue qui la faisait divaguer.

Elle décida d'aller se reposer un peu sur la banquette avec le chat.

Pour ne pas s'endormir pendant qu'il conduisait sur la 94, Jack ouvrit la radio. Il entendit des nouvelles : les États-Unis envoyaient des conseillers militaires en Amérique centrale, le chômage avait augmenté, il y avait des inondations en Louisiane et une sécheresse en Égypte, l'aviation d'Israël bombardait le Liban, le prix de l'or avait monté, la France procédait à des expériences nucléaires dans le Pacifique, les négociations pour le désarmement étaient dans une impasse. Il tourna le bouton, cherchant une émission de musique, et à sa grande surprise il entendit tout à coup une chanson française, lointaine et comme perdue dans une mer de paroles anglaises — une vieille chanson française qu'il connaissait très bien ; il ajusta le bouton et alors il entendit très distinctement les mots qui disaient :

> Qu'il est long le chemin d'Amérique
> Qu'il est long le chemin de l'amour
> Le bonheur, ça vient toujours après la peine
> T'en fais pas, mon amie, je reviendrai
> Puisque les voyages forment la jeunesse
> T'en fais pas, mon amie, je vieillirai.

L'Amérique ! Chaque fois qu'il entendait prononcer ce mot, Jack sentait bouger quelque chose au milieu des brumes qui obscurcissaient son cerveau. (Un bateau larguait ses amarres et quittait lentement la terre ferme.) C'était une idée enveloppée de souvenirs très anciens — une idée qu'il appelait le «Grand Rêve de l'Amérique». Il pensait que, dans l'histoire de l'humanité, la découverte de l'Amérique avait été la réalisation d'un vieux rêve. Les historiens disaient que les découvreurs cherchaient des épices, de l'or, un passage vers la Chine, mais Jack n'en croyait rien. Il prétendait que, depuis le commencement du monde, les gens étaient malheureux parce qu'ils n'arrivaient pas à retrouver le paradis terrestre. Ils avaient gardé dans leur tête l'image d'un pays idéal et ils le cherchaient partout. Et lorsqu'ils avaient trouvé l'Amérique, pour eux c'était le vieux rêve qui se réalisait et ils allaient être libres et heureux. Ils allaient éviter les erreurs du passé. Ils allaient tout recommencer à neuf.

Avec le temps, le «Grand Rêve de l'Amérique» s'était brisé en miettes comme tous les rêves, mais il renaissait de temps à autre comme un feu qui couvait sous la cendre. Cela s'était produit au 19e siècle lorsque les gens étaient allés dans l'Ouest. Et parfois, en traversant l'Amérique, les voyageurs retrouvaient des parcelles du vieux rêve qui avaient été éparpillées ici et là, dans les musées, dans les grottes et les canyons, dans les parcs nationaux comme ceux de Yellowstone et de Yosemite, dans les déserts et sur les plages comme celles de la Californie et de l'Oregon.

10

AL CAPONE, AUGUSTE RENOIR
ET LE PRIX NOBEL

Le sentiment de tristesse qui s'était emparé d'eux à Detroit se dissipa au cours de la nuit, quelque part sur la route entre le lac Érié et le lac Michigan, et ils étaient détendus, confiants et presque heureux malgré la fatigue lorsqu'ils arrivèrent à Chicago vers deux heures du matin.

Le YMCA était situé au coin des rues Chicago et State. Cette fois, la fille se déguisa en garçon avant d'entrer. Ils obtinrent une chambre au quinzième étage, ils se couchèrent immédiatement et dormirent jusqu'à midi.

Ils déjeunèrent à la cafétéria.

— Est-ce qu'on la visite, oui ou non ? demanda la Grande Sauterelle.

— Quoi ? fit Jack.

— La ville d'Al Capone, dit-elle. (Elle prononçait Al Caponé.) La ville d'Eliot Ness, de la prohibition, des gangsters en limousines noires, des rafales de mitraillettes qui font voler en éclats les vitrines des bars et des salles de poker.

— Pourquoi prononcez-vous Capo*né* ?

— C'est mon accent italien. Comment le prononcez-vous ?

— Capou-ou-oune !

— Oh !... Ça fait comme un vent lugubre... !

— Vous êtes très drôle ce matin, dit-il. Et votre chapeau de tennis est absolument irrésistible.

— Merci, dit-elle. Je suis en pleine forme. Si vous avez envie de reprendre la route tout de suite pour Saint Louis, je suis votre homme !

— Vous n'avez aucune petite visite à faire ?

— Aucune.

— Vous ne tenez même pas à monter en haut de la tour Sears ?

— Même pas !... Et vous ?

— Hum !... fit-il.

Il donna un morceau de bacon au chat qui était sur ses genoux. La fille devina :

— Tiens, maintenant c'est vous qui avez une petite visite à faire...

— Oui, dit-il. En m'éveillant à midi, je me suis rappelé une chose : quand mon frère est parti pour les États-Unis, au début il envoyait des lettres ou des cartes postales et un jour, sur une carte qui venait de Chicago, il a parlé d'une peinture de Renoir — je crois que c'était une femme avec un chapeau rouge et beaucoup de fleurs — et il disait qu'il avait pensé à moi parce que j'aimais beaucoup Renoir. Lui, il préférait Van Gogh à cause de la force de... mais il disait que si je passais un jour par Chicago...

— Ce doit être à l'Art Institute, dit la fille, bien renseignée comme toujours.

— On ne restera pas longtemps, dit l'homme en vidant sa tasse de café. On va juste entrer et sortir.

*
*   *

C'était la fin de mai, l'air était bon et chaud; l'avenue Michigan, très animée, large et cossue avec ses grands magasins, ses restaurants et ses galeries d'art, descendait en pente douce vers la rivière Chicago, les gratte-ciel et l'Art Institute qui se trouvait à gauche, de l'autre côté du pont.

Ils demandèrent à un gardien de leur indiquer la section réservée aux «French Impressionists» et, après avoir grimpé un escalier, ils découvrirent une salle exclusivement consacrée aux œuvres de Renoir. Jack aperçut tout de suite la femme au chapeau rouge, mais il fit d'abord le tour de la salle en examinant les autres tableaux et ensuite il s'installa sur un banc devant la toile dont Théo avait parlé.

C'était une jeune femme assise à une terrasse en compagnie d'une petite fille. Le tableau était intitulé *On the Terrace, 1881*. Derrière la femme, il y avait une balustrade de fer envahie par des arbustes fleuris et puis une rangée d'arbres à travers laquelle on apercevait une rivière, des gens en barque et, plus loin, des maisons et des collines. La petite fille portait une robe blanche et un chapeau à fleurs, et ses mains étaient posées sur le rebord d'un panier de fruits qui était placé sur la table. La femme semblait très jeune; elle avait une robe noire et un chapeau d'un rouge incroyablement vif; l'expression de son visage avait une douceur infinie et cette douceur se confondait avec la lumière qui imprégnait l'ensemble du tableau.

Jack regardait la toile sans dire un mot. Il avait la bouche ouverte, le regard fixe et les yeux mouillés. Il était complètement immobile. La Grande Sauterelle resta quelques minutes avec lui, puis elle alla voir les tableaux exposés dans les salles environnantes. Lorsqu'elle revint, il n'avait pas bougé. Elle dit qu'elle avait vu toutes sortes de choses intéressantes : des Cézanne, des Seurat et une belle toile d'un peintre qu'elle ne connaissait pas du tout, Gustave Caillebotte, mais il ne répondit pas. Alors elle visita l'étage au complet et elle revint au bout d'une heure en disant qu'elle avait vu un vitrail de Chagall qui était superbe — le vitrail portait sur les arts et la liberté — il fallait absolument qu'il vienne voir ça. Toujours immobile sur le banc en face de la femme au chapeau rouge, il grommela péniblement deux ou trois phrases indistinctes auxquelles la fille ne comprit rien à part les mots « lumière » et « harmonie » qu'elle parvint à saisir au passage. Elle le quitta une troisième fois et, après avoir visité toutes les salles des trois étages de l'immeuble et avoir vu tout ce qu'il y avait à voir, y compris une exposition d'art oriental et une autre de dessins et gravures, elle descendit à la cafétéria du sous-sol et acheta deux gobelets de café, et puis elle revint à la salle des Renoir. Comme Jack semblait ne pas la voir, elle décida de s'interposer entre lui et le tableau ; elle se plaça debout en face de lui.

— Vous allez avoir mal au dos, dit-elle doucement.

Son regard se brouilla et ensuite se fixa sur elle.

— Bonjour, dit-il. Il est quelle heure ?

— Quatre heures, dit-elle en lui tendant un gobelet de café.

Il but une gorgée et fit quelques pas dans la salle.

— Je suis un peu courbaturé, dit-il.

— Ça fait trois heures que vous êtes assis là.

— Trois heures ? Et qu'est-ce que vous avez fait pendant ce temps-là ?

— Je me suis promenée. C'est vraiment un très beau musée.

— Ah oui ! dit-il en jetant un dernier coup d'œil à la toile de Renoir.

Elle le prit par la main et l'entraîna à l'extérieur. Il souriait béatement et se laissait faire. Elle ne lui posa aucune question. Elle l'emmena dans l'avenue Lake Shore Drive parce qu'elle voulait voir le bord du lac avant de rentrer au YMCA.

Jack avait le goût de manger une pâtisserie ou quelque chose du genre et ils s'arrêtèrent au Holiday Inn.

Dans le hall de l'hôtel, il y avait des éclairs de magnésium et un groupe de journalistes se pressait autour d'une personne assise dans un fauteuil. La Grande Sauterelle s'approcha pour voir de qui il s'agissait. Un journaliste prenait des notes sur un carnet ; en regardant par-dessus son épaule, elle lut le nom de Saul Bellow.

Jack tressaillit lorsqu'elle lui répéta le nom.

— Hein ? Saul Bellow ? Êtes-vous sûre ?

— Mais oui. Pourquoi ?

— C'est un écrivain célèbre ! Vous ne le connaissez pas ?

— Non.

— Mais c'est un prix Nobel !... Le prix Nobel de littérature en 1976 !

— En 1976, je devais avoir... quelque chose comme treize ans, fit-elle observer.

Il marchait nerveusement de long en large.

La fille demanda :

— Vous voulez qu'on aille parler au prix Nobel ?

— Je n'ose pas, dit-il. Je n'ai pas lu ses livres.

— Qu'est-ce que ça peut faire ?

— Je ne me souviens même pas des titres...

— J'ai une idée, dit-elle. Téléphonez à n'importe quelle librairie et ils vont vous les donner.

Il se mit à la regarder d'un air suppliant et elle comprit. Elle alla téléphoner elle-même. En revenant, elle lui tendit un bout de papier sur lequel elle avait noté deux titres : *The Adventures of Augie March*, 1953 et *Humboldt's Gift*, 1975.

— Ah oui ! je me souviens, dit Jack.

— C'est le moment d'y aller, dit-elle.

Saul Bellow venait de dire : « I've got a plane to catch » et les journalistes commençaient à s'éloigner. La fille se fraya un chemin jusqu'au premier rang. Jack se dissimula derrière elle. Un journaliste, magnétophone en bandoulière, posait une dernière question. Assis dans son fauteuil, le prix Nobel formula une réponse, mais en même temps, le regard en biais, il examinait les « running shoes » de la fille, ses jeans et sa chemise militaire, et lorsqu'il arriva à la tête couverte du chapeau de tennis, il sourit et lui fit un clin d'œil. Finalement il se leva et prit congé des membres de la presse.

Il avait les cheveux courts et gris et l'air plutôt gentil.

— I don't think you're a journalist, young lady ? dit-il sur un ton interrogatif.

— No. But you're supposed to think that I'm a boy! dit la Grande Sauterelle avec son accent très prononcé.

— Sorry about that!

— I forgive you because you won the Nobel Prize. I'm a mechanic and my friend here is a writer.

Elle s'écarta et Jack serra nerveusement la main de Saul Bellow.

— How do you do? fit Jack.

— Nice to meet you, dit le prix Nobel. Are you from Québec?

— Yes.

— You can speak French if you want : I was born in Montréal.

— Qu'est-ce que vous faites à Chicago? demanda la fille.

— I happen to live here! répondit-il en riant. What about you?

— On est en voyage, dit Jack.

— Just passing through?

— Yes. Oui.

— Like your ancestors Louis Jolliet and Father Jacques Marquette!

— Et Robert Cavelier de La Salle, dit la fille.

Tout le monde se mit à rire.

Saul Bellow jeta un coup d'œil à sa montre.

— What do you think of Chicago? demanda-t-il. She's been a wicked city in her time, but...

— Wicked? fit la Grande Sauterelle.

— I mean rough. Now the violence is still here but it's mixed with business and culture. This is the city that gave birth to the Encyclopaedia Britannica, Zenith TV's, Wrigley's gum, Quaker Oats, and McDonald's hamburgers. But take a walk downtown and there are sculptures and paintings by Picasso and Calder and Chagall... Strange city... I don't know if I like her or not. But I think she's in my blood.

Il y eut un moment de silence, puis la fille dit :

— Nous aimons beaucoup Chicago. C'est une très belle ville.

— Where are you going from here ? demanda-t-il.

— On s'en va à Saint Louis, dit-elle.

— Je cherche mon frère, balbutia Jack.

— Beg your pardon ?

— I'm looking for my brother.

— He lives there ?

— I don't know.

— Maybe yes, maybe no, dit la fille.

Le prix Nobel les regarda tous les deux avec curiosité, puis il déclara sur un ton faussement solennel :

— When you're looking for your brother, you're looking for everybody !

Il traduisit lui-même sa phrase dans un français hésitant :

— Quand vous cherchez votre frère, vous cherchez tout le monde !

Il éclata de rire et ils se mirent à rire avec lui, puis il s'éloigna en leur faisant des gestes d'adieu.

11

LE ROCHER DE LA FAMINE

Avant de quitter Chicago, vers dix-sept heures, ils se rendirent dans une bibliothèque parce que la Grande Sauterelle voulait «emprunter» un livre. Jack trouva un Petit Robert des noms propres et, dans la notice biographique de Saul Bellow, il lut cet extrait des *Aventures d'Augie March* :

> Je suis une sorte de Colomb pour tous ceux qui sont à portée de la main et je crois fermement qu'on peut les rejoindre dans cette *terra incognita* immédiate qui s'étend devant chaque regard.

Plus tard, sur l'Interstate 80, il récita le texte à la fille pendant qu'elle était au volant.

— Ça fait une drôle d'impression, dit-elle.

— Comment ça ? demanda-t-il.

Il était assis sur la banquette arrière.

— On a l'impression que Saul Bellow nous dit qu'on est sur la bonne route et qu'il nous souhaite bonne chance, dit-elle.

Il se leva doucement de son siège et, s'approchant par derrière, il l'embrassa dans le cou ; elle sursauta et donna un léger coup de volant à droite, ce qui lui fit mettre deux roues sur le *soft shoulder* pendant une seconde, puis elle ramena le Volks sur la route.

Il s'excusa.

— C'est rien, dit-elle. Peut-être que je suis un peu fatiguée.

— Voulez-vous que je conduise ?

— Mais non. On est presque arrivés au Starved Rock State Park.

Il prit le siège du copilote et se mit à examiner les cartes routières.

— On est tout près, dit-il. Au maximum vingt kilomètres.

— C'est un endroit spécial, dit-elle. Connaissez-vous l'histoire des Illinois ?

— Non.

— Les Illinois n'existent plus maintenant ; c'est une tribu disparue... Connaissez-vous l'histoire du Missis-sippi ?

— Je connais l'expédition de Louis Jolliet et du père Marquette.

— D'accord, dit la fille, mais ils se sont arrêtés à la rivière Arkansas. La dernière partie du Mississippi a été explorée par Robert Cavelier de La Salle. Le lieutenant de La Salle, Henri de Tonti, a construit un fort — le fort Saint Louis — au sommet d'un rocher et c'est justement ce rocher qu'on peut voir au Starved Rock State Park.

Pendant quelques années, le fort Saint Louis avait été le poste principal de la Nouvelle-France dans la vallée du Mississippi. La Grande Sauterelle connaissait plusieurs personnages qui avaient laissé leur marque dans cette région : Lamothe-Cadillac, Henri de Tonti (surnommé l'homme à la main de fer parce qu'il avait un crochet à la place d'une main perdue à la guerre), Nicolas Perrot, Pierre-Charles Le Sueur, Greysolon du Lhut, le père Louis Hennepin, Pierre Pépin, Radisson et Des Groseilliers ; elle connaissait ces gens et plusieurs autres, mais elle s'intéressait davantage au sort d'une tribu qui vivait autour du rocher : les Illinois.

— Les Français les ont appelés les Illinois du Rocher, dit-elle.

— Et ensuite ils les ont exterminés, je suppose ? demanda Jack. Vous avez dit : « une tribu disparue »...

— Mais non. Ils ont été exterminés... par d'autres Indiens !

— Ah !... fit-il.

La fille sembla deviner ses pensées.

— Vous avez eu peur que je fasse une de mes célèbres sorties contre les Blancs ?

— Oui, avoua-t-il.

— Eh bien ! vos héros peuvent dormir tranquilles... du moins pour l'instant !

Ils quittèrent l'Interstate et empruntèrent la 178 qui les conduisit à Utica, N.Y. ; le Starved Rock State Park était tout près de cette localité. Ils prirent le chat avec eux et, parce que le jour déclinait, ils commencèrent tout de suite l'escalade du rocher, qui était haut de 40 mètres. Des marches rudimentaires avaient été creusées dans le roc, du côté sud, pour permettre aux visiteurs d'accéder au sommet : sur les trois autres côtés, la paroi rocheuse était tout à fait verticale et elle plongeait dans la rivière Illinois.

À cette heure tardive, il n'y avait personne au sommet. Un peu essoufflés, ils s'avancèrent au bord de la falaise et ils regardèrent glisser sur la rivière de longues péniches qui s'en allaient vers les Grands Lacs ou vers le Mississippi ; ensuite ils essayèrent de se représenter l'apparence que le rocher pouvait avoir au 17e siècle, lorsqu'il était surmonté du fort Saint Louis ; et puis la Grande Sauterelle annonça qu'elle allait raconter l'histoire du Rocher de la Famine.

C'était une légende plutôt qu'une histoire vraie, et cette légende expliquait à la fois comment les Illinois avaient été exterminés et pourquoi le rocher était appelé Starved Rock ou Rocher de la Famine.

La fille s'assit par terre et appuya son dos contre une grosse roche.

— Autrefois, commença-t-elle, les Illinois vivaient autour du Rocher. Ils étaient là depuis longtemps et c'était leur pays — je veux dire, ils ne venaient pas juste d'arriver. Ils menaient une existence normale et ils étaient heureux et malheureux comme tout le monde. Ils habitaient une région où la nature était très riche : il y avait des pins blancs, des ormes, des érables et des chênes, et une grande quantité de fruits sauvages et d'herbes de toutes sortes ; ils pouvaient chasser le bison, le cerf, le rat musqué, le castor et le lapin, et il y avait des écureuils et beaucoup d'oiseaux ; la rivière leur fournissait du poisson et de l'eau fraîche ; et de l'autre côté de la rivière s'étendait une plaine très fertile où ils cultivaient le maïs et la courge.

« Toutefois, le Rocher faisait l'envie des autres tribus à cause de sa situation avantageuse, et les Illinois, malgré leur caractère pacifique, étaient presque toujours en guerre ; ils étaient obligés de protéger leur territoire contre les Iroquois, qui venaient de la région de New York, contre les Renards, les Sauks, les Potéouatamis, les Kicapous et surtout les Outaouais, qui venaient du nord et de l'est.

« Lorsqu'ils virent arriver les explorateurs, les missionnaires et les colons de race blanche, les Illinois leur offrirent l'hospitalité et vécurent en harmonie avec eux. Cependant, le chef des Outaouais, qui s'appelait Pontiac, avait résolu d'unir toutes les tribus du Midwest afin de chasser les Blancs hors du pays. Les Illinois refusèrent de prendre part à cette alliance et, pour se venger, le chef Pontiac leur fit la guerre. Après plusieurs batailles féroces et sanglantes, les Illinois, qui allaient succomber sous le nombre de leurs ennemis, furent réduits à demander la paix. Malheureusement, durant les pourparlers, le chef Pontiac fut assassiné.

« La nouvelle de la mort de Pontiac se répandit comme une traînée de poudre et un grand nombre de tribus se rallièrent aux Outaouais dans le but d'exterminer les Illinois. Au cours des combats qui suivirent, la plupart des Illinois furent tués. Il ne resta plus de cette tribu qu'un petit nombre de guerriers, de femmes et d'enfants qui se réfugièrent au sommet du Rocher. Ils s'y trouvaient en sécurité, car les parois lisses du Rocher plongeaient verticalement dans la rivière et l'escalade ne pouvait être faite que d'un côté et par un seul ennemi à la fois.

« Au lieu de donner l'assaut, les Outaouais et leurs alliés firent le siège du Rocher. Ils s'installèrent autour de l'énorme bloc de pierre et attendirent patiemment que la soif et la faim obligent les Illinois à quitter leur refuge. Les Illinois demeurèrent au sommet du Rocher pendant trois longues semaines. Lorsque leurs provisions furent épuisées, ils mangèrent les chiens qui se trouvaient avec eux. Par la suite, ils se nourrirent d'herbes, de racines et d'écorces. Un jour, ils n'eurent plus rien à manger et rien à boire. Ils voulurent puiser de l'eau dans la rivière au moyen d'un seau attaché à l'extrémité d'une longue corde, mais les Outaouais, postés au pied du Rocher, coupèrent la corde et s'emparèrent du seau.

«Néanmoins, les Illinois refusèrent de se rendre à leurs ennemis. Certains d'entre eux essayèrent de s'échapper à la faveur de la nuit ; ils furent capturés et tués par les assaillants. Quelques-uns se donnèrent la mort en plongeant du haut du Rocher dans les eaux de la rivière. Les autres demeurèrent sur place et se laissèrent mourir de faim et de soif. De tous les membres de la tribu que l'on appelait communément « les Illinois du Rocher », il n'y eut aucun survivant.

«Plus tard, l'endroit où s'étaient déroulés ces événements tragiques fut appelé «Starved Rock» ou «le Rocher de la Famine». Pendant de nombreuses années, tous les Indiens qui passaient par la vallée de la rivière Illinois firent un détour afin d'éviter le Rocher, car c'était un endroit habité par la mort et par les esprits de la tribu qui avait été exterminée.

«Voilà, c'est tout, dit la fille d'une voix lasse. C'était l'histoire d'une tribu disparue, les Illinois du Rocher.»

Elle se leva péniblement, appela son chat et redescendit l'escalier de pierre en tenant la main de Jack. Le soleil était couché depuis un bon moment et la rivière Illinois avait une teinte mauve.

12

LE VIEIL HOMME
AU BORD DU MISSISSIPPI

Non loin de Davenport, sur la 80, ils respirèrent tout à coup une odeur spéciale. La Grande Sauterelle, qui était à l'arrière où elle écrivait une lettre à sa mère, se leva et vint s'asseoir à l'avant. Jack humait l'air et regardait de chaque côté de la route.

C'était une odeur humide et accablante, épaisse et comme un peu vaseuse, semblable à ce que l'on pouvait sentir dans un sous-bois marécageux, un mélange d'eau, de terre et de plantes, une odeur d'eau boueuse et de mousse vieillie.

En arrivant à un pont, ils virent un cours d'eau très large avec des eaux jaunes et lourdes ; ils comprirent tous les deux et sans avoir besoin de se dire un mot que c'était le Mississippi, le Père des Eaux, le fleuve qui séparait l'Amérique en deux et qui reliait le Nord et le Sud, le grand fleuve de Louis Jolliet et du père Marquette, le fleuve sacré des Indiens, le fleuve des

esclaves noirs et du coton, le fleuve de Mark Twain et
de Faulkner, du jazz et des bayous, le fleuve mythique
et légendaire dont on disait qu'il se confondait avec
l'âme de l'Amérique.

De l'autre côté du pont, Jack prit une route menant à
Davenport et, une fois dans cette ville, il dirigea le
minibus vers les quais ; ils aboutirent à un vaste terrain
où se trouvaient un parc de stationnement et une gare
maritime désaffectée.

Devant eux s'étendait un quai où flânaient quelques
clochards et un vieil homme qui regardait le fleuve ; le
vieux n'avait rien de spécial si ce n'est que sa peau
brune et toute ridée lui donnait l'air très âgé. Ils
descendirent du Volks pour aller saluer le Mississippi.
Il faisait chaud et humide et le fleuve roulait paresseusement ses eaux boueuses vers le Sud. Au bout d'un
moment, Jack s'approcha du vieil homme et échangea
quelques mots avec lui. Plus tard, lorsqu'ils eurent
repris la route, il essaya d'expliquer quelque chose à la
fille ; c'était difficile de trouver les mots justes et il
hésitait.

— Chaque fois que... c'est toujours la même chose,
disait-il, chaque fois que je vois un vieil homme au bord
d'une rivière ou d'un fleuve, il faut que j'aille lui parler
— c'est plus fort que moi.

La route qu'ils suivaient maintenant n'était plus la
80, c'était la 61 et elle n'allait pas vers l'ouest, elle allait
droit au sud. C'était la route qu'ils allaient suivre
jusqu'à Saint Louis.

— Longtemps je me suis demandé pourquoi je faisais
ça, poursuivit Jack. Je ne comprenais pas. Je voyais un
vieil homme au bord de l'eau et, chaque fois, quelque
chose me poussait à aller lui parler. Mais aujourd'hui, je
pense que j'ai trouvé la raison.

Il se tut ; il laissa le silence se prolonger et, finalement, la fille demanda quelle était cette raison.

— Maintenant que je veux le dire, ça me paraît complètement ridicule, dit-il.

— Ça ne fait rien, dit-elle.

— Voilà, dit-il. Ce que les vieux contemplent, quand ils rêvent au bord d'un cours d'eau, c'est leur propre mort ; je suis maintenant assez vieux pour le savoir. Et moi, je m'approche d'eux parce qu'au fond de moi, il y a une ou deux questions que je voudrais leur poser. Des questions que je me pose depuis longtemps. Je voudrais qu'ils me disent ce qu'ils aperçoivent de l'autre côté et s'ils ont trouvé comment on fait pour traverser. Voilà, c'est tout.

13

UN FLOT DE SOUVENIRS

Le 1er juin, ils arrivèrent à Saint Louis.

Il était midi, le temps était lourd et très humide et ils ne savaient pas où aller. Comment faire pour retrouver un homme dans une ville de 800 000 âmes ? Devaient-ils aller au poste de police ? Entreprendre des recherches dans les musées ou les sociétés historiques ? Faire passer une annonce à la radio ou dans les journaux ? Et par quoi fallait-il commencer ? Ils se posaient ces questions et plusieurs autres tout en déambulant le long de la 4e Rue. Ils avaient laissé le Volks au bord du Mississippi, dans un parking extérieur, à quelques pas seulement de l'arc métallique appelé Gateway Arch.

Tout de suite, Jack et la fille avaient été séduits par l'arc métallique dont la silhouette très délicate, s'élevant à 192 mètres dans les airs, découpait une immense portion de ciel au-dessus des maisons ; ils l'avaient aperçu de très loin, car il était en acier inoxydable et brillait au soleil.

Après avoir marché quelque temps dans le secteur avoisinant le vieux Palais de Justice et le Bush Memorial Stadium, ils revinrent au parking. Ils n'avaient pas trouvé de réponses à leurs questions, mais au moins ils avaient pris une décision : comme leur séjour à Saint Louis risquait d'être long et qu'ils devaient songer à restreindre leurs dépenses, ils allaient demeurer dans le parking au lieu de prendre une chambre d'hôtel ou de chercher un camping ; la Grande Sauterelle se chargeait d'obtenir l'autorisation du jeune homme qui, dans une petite guérite munie d'un guichet, occupait le poste de gardien du parking.

Le lendemain, dans les deux principaux journaux de la ville, Jack fit paraître une annonce où il demandait à Théo de composer un numéro de téléphone s'il voulait communiquer avec lui — le numéro était celui de la guérite du parking. Et ils attendirent des nouvelles. Ils visitèrent, sous l'arc métallique, un musée souterrain consacré à la conquête de l'Ouest : le Museum of Westward Expansion. Chacun à leur façon, l'homme et la fille étaient des maniaques des musées et ils en avaient vu de toutes sortes, mais le Museum of Westward Expansion était certes le plus passionnant et le plus étonnant qu'ils eussent jamais vu. Dans les années 1840, la ville de Saint Louis avait été un lieu de rassemblement pour des gens qui avaient entendu dire que dans l'Ouest, au bord du Pacifique, les terres étaient plus vastes et plus fertiles ; ils avaient vendu toutes leurs possessions, s'étaient procuré des bœufs, des wagons recouverts d'une bâche et des provisions pour six mois et s'étaient joints à une caravane qui allait traverser des déserts, franchir des rivières, escalader des montagnes, lutter contre les intempéries, la maladie et parfois les Indiens pour atteindre finalement, après un voyage de 5 000 kilomètres, la Terre Promise. Le trajet suivi par les caravanes de wagons était appelé « Piste de l'Oregon » et l'un des points de départ de cette piste était Saint Louis ; l'arc métallique illustrait d'ailleurs le fait que la ville, au milieu du 19e siècle, avait été la porte de l'Ouest.

Jack et la Grande Sauterelle passaient de longues heures dans ce musée souterrain. Mais un jour, il arriva quelque chose à l'homme. Comme il sortait du musée, un flot de souvenirs déferla sur lui de façon inattendue. Les souvenirs de l'homme n'étaient pas originaux ; ils étaient même très ordinaires et semblables à ceux de tout le monde : une femme qui part avec un autre, une image de soi-même qui s'écroule, des illusions qui se perdent — mais parfois ils lui revenaient en mémoire avec tant de force qu'il en était submergé. C'est ce qui arriva ce jour-là, et il prit son air malheureux et se referma sur lui-même. Il voyait tout en noir.

Il essaya de lire un livre sur le Mississippi que la Grande Sauterelle avait «emprunté» à la librairie du musée. C'était *Explorers of the Mississippi*, par Timothy Severin. L'Espagnol Hernando de Soto avait été le premier Blanc à voir le Mississippi ; il était venu par le sud et, comme une brute sanguinaire, il avait tué presque tous les Indiens qui se trouvaient sur son passage. On pouvait dire que Louis Jolliet et le père Marquette ne s'étaient pas trop mal comportés, sauf que, comme tout le monde à cette époque, ils considéraient les Indiens comme des êtres inférieurs. Robert Cavelier de La Salle était un grand explorateur et un grand visionnaire, mais son histoire était une suite de trahisons et d'assassinats, et lui-même était mort assassiné au Texas en 1687 ; son lieutenant, Henri de Tonti, imposait son autorité aux Indiens en les frappant au visage avec sa fameuse main de fer.

La violence éclatait à chaque page et il finit par abandonner sa lecture. Il passa deux jours dans un état d'accablement presque complet. Parfois, il marchait au bord du fleuve, il s'assoyait et il rêvait. La plupart du temps, il restait dans le Volkswagen et il dormait.

La Grande Sauterelle se tenait souvent dans la guérite du parking. Il y avait tout juste assez de place pour deux personnes. Le jeune gardien était un étudiant et ils avaient le même âge. Lorsqu'il avait terminé son travail, elle se promenait avec lui. Il était grand et large d'épaules, il avait les cheveux blonds et frisés et le teint bronzé. Il avait suivi des cours de français au collège. Maintenant il étudiait les sciences administratives à l'University of Missouri.

Un soir, elle rentra très tard — c'était plutôt le matin — et Jack se réveilla en sursaut lorsqu'elle referma la portière du Volkswagen.

Elle retira ses vêtements.

— Ça sent bon, dit-il.

— C'est moi, dit-elle. J'ai pris un bain et puis j'ai mis de la poudre. Ça s'appelait *Spuma di Sciampagna*. C'est en italien.

— Ah oui ? fit-il avec une pointe d'ironie.

Debout dans le petit espace qui demeurait libre quand la banquette avait été transformée en lit, la fille dénouait les mèches de sa longue tresse noire. Il souleva le drap pour l'inviter à venir auprès de lui. Lorsqu'il faisait chaud, il ne dormait pas dans son sac de couchage ; il ouvrait le sac à sa pleine grandeur et s'allongeait dessus en utilisant un drap de coton ou de flanelle en guise de couverture. La fille enleva son couteau et vint se blottir contre lui.

— Vous êtes tout chaud, dit-elle.

— Je ne me promène pas dehors à des heures inconvenantes, dit-il sur un ton faussement sévère.

Elle rit, puis d'une voix suppliante :

— Ah oui! dit-elle, faites-moi la morale, s'il vous plaît!

Il soupira au lieu de répondre.

— Vous avez sommeil? demanda-t-elle.

— Non, pas trop.

— Alors...

— Bon, dit-il. Premièrement, une jeune fille bien élevée ne parle pas à un inconnu.

— Non?

— Non. Elle attend d'avoir été présentée.

— Ah oui? Alors je n'aurais pas dû vous parler quand on s'est rencontrés à Gaspé?

— C'est pas la même chose.

— Pourquoi?

— Ne discutez pas!

Il prenait une grosse voix.

— Deuxièmement, reprit-il, une jeune fille bien élevée ne se rend pas au domicile d'un inconnu.

— Non?

— Non. Surtout pas la nuit!

— C'est vrai, dit-elle. Et ensuite?

Il réfléchit quelques instants, mais il ne trouva rien d'autre à dire.

— Faites-moi la morale encore un peu, supplia-t-elle.

— Je n'aime pas la morale, dit-il. Vous êtes libre et vous n'êtes pas à moi. Et je commence à m'endormir. Je n'ai pas dormi assez.

Elle mit un bras autour de sa taille.

— Ce que j'aime le plus en vous, dit-elle, c'est votre douceur et votre respect pour les gens.

— Je ne suis pas un vrai doux, dit-il avec impatience. Maintenant il faut m'excuser. Je ne vais pas bien du tout depuis deux jours et il faut que je dorme.

— Juste une minute, dit-elle. J'ai deux ou trois choses à vous dire.

— Demain !

— Tout de suite ! insista-t-elle.

— D'accord, dit-il et il se mit sur le dos.

La fille caressa les poils de sa poitrine.

— J'ai appris des choses intéressantes avec Johnny, dit-elle.

— Avec qui ?

— Johnny. C'est le gardien du stationnement.

— Ne me dites pas qu'il connaît Théo !...

— Non, mais il connaît un homme qui l'a rencontré. C'est un journaliste...

— Hein ? fit Jack.

Il s'était assis brusquement dans le lit.

— Ne vous énervez pas, dit la fille. Le journaliste ne l'a pas *vraiment* rencontré, mais il a entendu parler de lui.

— Comment ça ? Qu'est-ce que vous voulez dire ?

La Grande Sauterelle se leva, fit chauffer de l'eau et se prépara une tasse de Nescafé, puis elle se recoucha en s'appuyant sur un coude. Le chat noir sauta sur le lit et se roula en boule contre son ventre.

— Voilà, dit-elle en buvant une gorgée. L'autre soir, Johnny m'avait demandé ce que nous étions venus faire à Saint Louis et je lui avais dit que nous étions à la recherche de Théo, que nous avions trouvé sa trace pour la première fois à Gaspé, et ensuite à Toronto, et que cette trace nous avait conduits jusqu'à Saint Louis. Alors il m'avait dit qu'il connaissait un journaliste et que s'il y avait un homme qui pouvait nous donner un bon renseignement, c'était lui, parce qu'il faisait des recherches pour écrire une série d'articles sur les origines françaises de Saint Louis et qu'il avait rencontré beaucoup de francophones. Et hier soir, il y avait un récital de musique *blue grass* au musée et on y est allés, Johnny et moi, et le journaliste était là. Il donne des conférences aux touristes qui visitent le musée. C'est un vieux monsieur, quarante-cinq ans à peu près, très gentil...

— Hum! fit Jack. Il est vraiment très vieux. Pas de doute, c'est un vieux fossile!

— Excusez-moi, dit-elle. En tout cas, il est plus âgé que vous. Mais il est très gentil et il parle très bien français. Il m'a raconté toute l'histoire de Saint Louis — la fondation de la ville par Pierre Laclède et le jeune Auguste Chouteau en 1765, les premiers colons, les trafiquants de fourrures — et il sait toutes sortes de choses intéressantes... par exemple, il dit que Laclède était amoureux de la mère de Chouteau et que c'est peut-être par amour pour elle qu'il a fondé Saint Louis.

— Hum! fit Jack.

— Et il a raconté l'histoire de Daniel Boone, dit-elle. C'est un des premiers colons qui a traversé les Appalaches et qui s'est établi dans les forêts du Kentucky. Il vivait en harmonie avec la nature aussi facilement que les Shawnees, les Cherokees et les autres tribus de la région. Peut-être que je commence à avoir un faible pour lui...

— Hum! fit Jack. Et qu'est-ce que le journaliste a dit au sujet de Théo?

— Ah oui ! Il a dit qu'il avait vu son nom dans un journal. Ce n'était pas un journal de Saint Louis. C'était à Independence, en banlieue de Kansas City, et le journal s'appelait *The Examiner*. Il y avait un article sur Théo. Il se souvenait très bien du nom de Théo parce que c'était un nom français et aussi parce que l'article racontait un incident qui lui faisait penser aux premiers colons.

— Quel genre d'incident ? demanda Jack.

— Il ne s'en souvenait pas exactement.

— Mais il se souvenait du nom de Théo !

— C'est ce qu'il a dit.

— Complètement ridicule ! Ça fait une vingtaine d'années que Théo est venu par ici. Comment le journaliste peut-il se souvenir de son nom au bout de vingt ans ? Ça n'a pas de sens !

— Vous n'avez pas bien compris, dit la fille. L'article de journal est vieux, il date de vingt ans. C'est entendu. Mais ça ne fait pas vingt ans que le journaliste l'a lu ! Non, mais tout de même !... En fait, il a dit qu'il avait lu l'article au printemps, en mars ou quelque chose comme ça. Il est tombé sur cet article par hasard en faisant des recherches sur les francophones de Saint Louis et il a retenu le nom de Théo parce que c'était un nom français, comme je l'ai déjà dit. C'est assez logique, non ?

— Mais oui, dit l'homme sur un ton impatient.

— Alors qu'est-ce qui ne va pas ?

— J'en sais rien, c'est moi. C'est mon frère... C'est dans ma tête.

Il ajouta, avec un geste d'impuissance :

— C'est l'Amérique. On commence à lire l'histoire de l'Amérique et il y a de la violence partout. On dirait que toute l'Amérique a été construite sur la violence.

La fille lui tendit sa tasse de café. Il but la dernière gorgée, puis il déposa la tasse dans l'évier. En soulevant le rideau, il vit une lueur blanchâtre à l'horizon, de l'autre côté du Mississippi. Il s'allongea dans le lit, les mains derrière la nuque. Il fut incapable de se rendormir. La respiration de la fille devint régulière et profonde. Au bout d'une heure, il se leva sans faire de bruit et alla déjeuner dans un McDonald's.

14

LE CAPITAINE DU « NATCHEZ »

Ils ne partirent pas immédiatement pour Kansas City. Ils passèrent encore deux jours à Saint Louis pour le cas où Théo aurait donné suite à l'annonce qu'ils avaient mise dans les journaux. Et la Grande Sauterelle, pendant ce temps, s'efforça d'aider Jack à sortir de sa torpeur. Elle l'emmena faire une excursion en bateau à aubes sur le Mississippi.

Leur bateau s'appelait le *Natchez*. Avec ses deux hautes cheminées et ses roues à aubes latérales, il ressemblait en tous points aux vapeurs qui, dans les années 1820, transportaient des passagers et des balles de coton entre Saint Louis et la Nouvelle-Orléans. Mais c'était un faux, une réplique construite à l'intention des touristes : ce fut la première chose qu'ils apprirent lorsqu'ils eurent monté à bord en compagnie des autres passagers et qu'ils se furent installés sur un banc de bois, près du bastingage, avec des hot-dogs et du café. Ils apprirent toutes sortes de choses par les haut-parleurs qui diffusaient la voix du capitaine, et ils

pouvaient constater que ce n'était pas un enregistrement,
car le capitaine interrompait fréquemment ses considé-
rations historiques pour donner des ordres aux matelots
ou pour expliquer les raisons d'une manœuvre.

Il y avait une légère brise sur le Mississippi et il ne
faisait pas trop chaud, même au soleil. Jack fut obligé de
reconnaître que l'excursion était agréable et instructive.

Le capitaine expliqua comment la ville de Saint
Louis se présentait au siècle dernier, avec ses rues non
pavées, ses entrepôts de fourrures, ses ateliers et ses
boutiques, et les auberges éclairées à la chandelle où se
mélangeaient les trappeurs arrivant de l'Ouest, les
commerçants, les militaires et les immigrants venus de
l'Est ou de la vieille Europe ; il décrivit la grande
animation qui régnait sur les terrains de l'embarcadère
au début des années 1840, lorsque les familles qui se
proposaient d'aller chercher fortune dans l'Ouest attendaient le moment de s'embarquer sur un navire à
aubes avec leurs chariots, leurs attelages de bœufs,
leurs barriques, leurs malles, leurs victuailles et leur
marmaille, pour remonter le Mississippi sur quelques
milles puis emprunter le Missouri jusqu'à la petite ville
d'Independence, où se formaient les caravanes qui
allaient s'engager au mois d'avril sur la Piste de
l'Oregon.

Quand le bateau eut terminé son périple et fut
revenu à quai, en face de l'arc métallique, le capitaine
sortit du poste de pilotage et se mêla aux passagers qui
se dirigeaient vers la passerelle afin de mettre pied à
terre. Homme d'une cinquantaine d'années, il avait les
cheveux gris et portait une casquette sur le devant de
laquelle on pouvait lire le nom du bateau. Ayant constaté
que Jack et la Grande Sauterelle s'entretenaient en
français, il s'approcha et leur raconta que dans la petite
ville où il était né et qu'il habitait encore, Saint Charles,
en banlieue nord-ouest de Saint Louis, il y avait de

nombreux francophones ; ses voisins, justement, étaient des Blanchette et c'était en jouant avec les enfants de cette famille, quand il était petit, qu'il avait appris quelques mots de français.

Pour éviter d'avoir à dire encore une fois qu'il cherchait son frère et tout ça, Jack lui posa une question — la première qui lui vint à l'esprit — au sujet de la date de départ des caravanes sur la Piste de l'Oregon. Pourquoi en avril plutôt qu'en mai ? lui demanda-t-il. Le capitaine répondit que les caravanes devaient traverser les Rocheuses avant les premières neiges d'automne et que, dans ce but, les gens se mettaient en route aussitôt que l'herbe était assez haute pour nourrir le bétail qu'ils emmenaient avec eux, ce qui arrivait ordinairement en avril.

Le capitaine savait une foule de choses sur la Piste de l'Oregon — le trajet, les chariots, la température, les Indiens, les maladies et les accidents — et ils l'écoutèrent avec beaucoup d'intérêt. Finalement, Jack rassembla son courage et posa la question qu'il avait sur le cœur. Il lui demanda quelle sorte de gens avaient pris la décision, au début des années 1840, de tout abandonner et de traverser presque tout un continent pour la seule raison qu'ils avaient entendu dire que les terres étaient bonnes et que la vie était meilleure au bord du Pacifique. Quelle sorte de gens avaient eu le courage de faire ça ?

— They were ordinary people, répondit le capitaine.

Il sortit une montre de la poche de son veston et regarda l'heure, puis il dit en français :

— Du monde ordinaire.

— Pas des aventuriers ? demanda Jack.

— Non.

— Et pas des *bums* ?

— Mais non, dit le capitaine, et il porta la main à sa casquette pour saluer une vieille dame qui, se tenant au pied de la passerelle avec un caniche dans les bras, agitait un petit mouchoir de dentelle.

15

LE COMPLEXE DU SCAPHANDRIER

— Ça va mieux ? demanda-t-elle.

— À moitié, dit-il.

— Alors je crois que je vais me prendre pour une grande psychologue encore une fois...

— Pourquoi ?

— Parce que... on est deux. On est ensemble. On ne peut pas vivre comme si on était séparés.

— Ouais... fit-il.

— Dites-moi au moins à quoi vous pensez...

Ils roulaient depuis quatre heures sur la 70 et ils étaient presque arrivés à Kansas City. La fille conduisait. Comme la route était droite et monotone, elle conduisait d'une manière très détendue, les avant-bras appuyés sur le volant.

Jack était absorbé dans l'étude d'une carte de Kansas City, sur laquelle il cherchait à situer les terrains de camping énumérés dans un guide du Club Automobile.

— O.K., dit-il, je vais vous dire deux ou trois choses. Du moins je vais essayer... Premièrement, à l'âge où les gens commencent à vivre pour vrai, je me suis mis à écrire et j'ai toujours continué et, pendant ce temps, la vie a continué elle aussi. Il y a des gens qui disent que l'écriture est une façon de vivre ; moi, je pense que c'est aussi une façon de ne pas vivre. Je veux dire : vous vous enfermez dans un livre, dans une histoire, et vous ne faites pas très attention à ce qui se passe autour de vous et un beau jour la personne que vous aimez le plus au monde s'en va avec quelqu'un dont vous n'avez même pas entendu parler. Deuxièmement...

Il vérifia une dernière chose sur la carte, puis il la replia et la remit dans le coffre à gants.

— Deuxièmement, il se pourrait fort bien que je n'aie jamais aimé personne de toute ma vie. C'est assez triste à dire, mais je pense que c'est vrai. Et même, je pense que je n'aime pas la vie et que je ne m'aime pas moi-même.

— Peut-être que vous aimez vos livres ? suggéra la fille.

— Non.

— Pourquoi ?

— Ils ne changent pas le monde, dit-il sur un ton péremptoire.

— Vous croyez que c'est nécessaire ? demanda-t-elle.

— Évidemment. Sinon, ça ne vaut pas la peine.

Il fit entendre deux ou trois jurons avant de reprendre son exposé.

— Troisièmement, dit-il, c'est à propos de mon frère Théo. C'est un peu plus compliqué et je ne suis pas certain d'avoir envie...

— Vous n'êtes pas obligé, dit-elle.

— Il faut que j'en parle, autrement vous allez me prendre pour un vrai zouave. Mon frère Théo, je ne l'ai pas vu depuis une vingtaine d'années, alors il est à moitié vrai et à moitié inventé. Et s'il y avait une autre moitié...

Il eut un petit rire nerveux.

— La troisième moitié serait moi-même, c'est-à-dire la partie de moi-même qui a oublié de vivre. Comprenez-vous ce que je veux dire ?

— Non, dit-elle.

— Moi non plus, dit-il en riant, mais ça ne fait rien... Une dernière chose : mon frère Théo et les pionniers. Le rapport entre les deux n'est peut-être pas très évident, surtout que je n'ai trouvé que des histoires insignifiantes à vous raconter au sujet de mon frère — une grande maison, un jardin, une rivière, un *snowmobile* et des choses comme ça. Mais je suis certain qu'il y a un rapport et c'est probablement le suivant : mon frère Théo, comme les pionniers, était absolument *convaincu qu'il était capable de faire tout ce qu'il voulait.* Voilà, c'est à peu près tout ce que j'avais à dire. Maintenant, prenez la première sortie à droite.

La sortie arriva plus vite qu'il ne l'avait prévu. La fille, qui roulait à gauche, mit le clignotant et passa dans la voie centrale. Elle freina brusquement et, donnant un coup de volant à droite, elle se glissa entre deux autos et prit la sortie dans un crissement de pneus.

*
*   *

Independence Overnite Trailer Park.

Comme le nom l'indiquait, ce n'était pas un véritable camping, mais simplement un parking muni des installations les plus élémentaires : prises de courant électrique, toilettes et douches.

Il n'y avait pas d'arbres. Avec le soleil qui tapait sur le toit du vieux Volks et avec la chaleur qui montait de l'asphalte, ils étaient comme dans un four. Par contre, ils se trouvaient à proximité de l'endroit où ils devaient rencontrer le journaliste qui avait lu un article sur Théo. La rencontre devait avoir lieu à Independence Square, dans les locaux que la Jackson County Historical Society occupait au deuxième étage du Palais de Justice.

Independence Square était un quadrilatère formé de boutiques, de maisons résidentielles, de restaurants et de magasins ; au centre, plusieurs trottoirs et escaliers, le long desquels étaient disposés des bancs publics, conduisaient à un vieil édifice surmonté d'un clocher : le Palais de Justice.

Il était trois heures de l'après-midi lorsque Jack et la fille se présentèrent au Palais de Justice. Un gardien leur indiqua les locaux de la société historique. Ils furent reçus très aimablement par une femme dont les cheveux étaient gris avec une teinte de bleu ; elle téléphona au journaliste et celui-ci arriva quinze minutes plus tard.

Le journaliste embrassa la Grande Sauterelle sur les deux joues. Il l'appelait par son nom en montagnais : Pitsémine. Homme de grande taille, il avait les cheveux roux et une épaisse moustache en forme d'accent circonflexe. Il parlait très bien le français. Il s'appelait Ernest Burke, mais c'était à son avis une déformation de « Bourque », le nom que portaient ses ancêtres francophones. La femme aux cheveux gris-bleu invita tout le monde à s'asseoir autour d'une longue table et elle pria la secrétaire d'aller chercher des rafraîchissements.

L'*Examiner* n'avait pas été mis sur microfilm ; il était simplement relié en volumes, chacun de ceux-ci réunissant les numéros d'un trimestre. C'était vers la fin d'un volume, disait le journaliste, que se trouvait l'article sur Théo. Ils se mirent donc à parcourir les dernières pages de chaque volume et, au bout d'une petite demi-heure de recherches, ce fut la Grande Sauterelle qui retrouva l'article.

Elle lut le texte à haute voix. L'article disait que Théo était détenu comme suspect dans une affaire de vol avec effraction commis au Kansas City Museum of History and Science. Le gardien du musée, un vieil homme de 68 ans, avait été frappé à la tête avec un objet contondant ; il avait subi une commotion cérébrale et reposait à l'hôpital dans un état critique. Le voleur avait tenté de s'emparer d'une vieille carte dessinée à la main en 1840 par un jésuite d'origine française, le père Nicolas Point. La carte était intitulée *Plan de Westport*. Elle était reproduite à la suite de l'article.

— Westport était un village situé à une vingtaine de kilomètres à l'ouest d'Independence, expliqua le journaliste. On peut dire que c'est le *cradle* de Kansas City... Comment dites-vous ?

— Le berceau de Kansas City, dit la Grande Sauterelle. Alors la carte dont Théo voulait s'emparer, c'était un document très important ?

— Oui et non.

— Comment ça ?

— C'était une reproduction. Il paraît que la carte originale se trouve à Montréal, dans les archives d'un collège de jésuites.

— Peut-être que Théo ne le savait pas.

— C'est possible... Est-ce qu'il était historien ?

Tous les yeux se tournèrent vers Jack.

Il était pâle. Il se frottait les yeux et il avait l'air fatigué.

La fille répondit à sa place :

— Il n'était pas vraiment historien, dit-elle.

— Un instant, dit Jack en levant la main.

Il marmonna quelques paroles incompréhensibles, puis sa voix se raffermit.

— Vous allez trop vite, dit-il. Vous oubliez une chose très importante : rien ne prouve que Théo était coupable. Il a peut-être été accusé par erreur.

— On peut vérifier, dit le journaliste. Il suffirait de lire les chroniques judiciaires de l'*Examiner*. On verrait s'il y a eu un procès et si Théo a été trouvé coupable.

Jack regarda sa montre. Il s'adressa à la femme aux cheveux gris-bleu :

— What time do you close ?

— Five o'clock, dit-elle.

— Il est cinq heures moins vingt, dit-il au journaliste. C'est trop tard pour fouiller là-dedans aujourd'hui.

Il se leva et remercia tout le monde.

Le journaliste les accompagna vers la sortie et fit quelques pas dehors avec eux. Il avait beaucoup de choses à raconter. Il disait que chaque fois qu'il traversait Independence Square, il n'avait qu'à fermer les yeux un instant et il voyait passer des chariots avec leurs attelages de bœufs, des gens à pied ou à cheval, des mules chargées de paquets, des enfants qui couraient dans la poussière, et il entendait des éclats de voix dans les boutiques et les tavernes et des bruits de marteaux et d'enclumes dans les ateliers des forgerons, des charrons, des bourreliers et des selliers.

Jack ne l'écoutait pas du tout, mais l'homme racontait encore que, certaines années, les émigrants arrivaient en si grand nombre à Independence qu'on ne pouvait pas les accueillir tous et qu'ils étaient obligés de camper aux alentours ; et alors la lueur des feux de camp qui brûlaient dans la nuit était visible à une distance de plusieurs kilomètres.

*
*   *

Le lendemain matin, Jack refusa de se lever. Ou plus exactement il se leva, but le jus d'orange que la Grande Sauterelle lui avait préparé, ensuite il repoussa son plat de corn flakes et se recoucha sans dire un mot.

— Ça ne va pas ? demanda la fille.

Il fit signe que non et, malgré la chaleur humide, il s'enveloppa dans son sac de couchage. Après le petit déjeuner, la fille laissa une note pour lui dire qu'elle allait se promener à Independence Square.

Lorsqu'elle revint, un peu avant midi, elle vit par la fenêtre du Volks qu'il était encore couché et elle décida d'aller manger au restaurant. Elle ne fut pas de retour avant six heures, mais il n'était toujours pas levé. Alors elle le réveilla doucement. Elle prit sa température : il n'avait rien.

— Vous n'avez rien, dit-elle. Vous êtes même en bas de la normale.

Il la regardait avec des yeux ronds et vides.

— Avez-vous faim ? demanda-t-elle.

— Non.

— Vous n'avez rien mangé depuis ce matin. Il faut manger un peu.

— Pourquoi ?

— Pour vivre.

Il haussa les épaules et se recroquevilla dans son sac de couchage. Vers neuf heures du soir, il se leva pour aller aux toilettes et, sans un mot, il se recoucha pour la nuit.

Au matin, il pleuvait et la Grande Sauterelle fut incapable de lui arracher un mot. Il resta au lit et refusa toute nourriture. Quand elle essaya de lui parler, il se retourna vers le mur de contre-plaqué où était aménagée l'armoire à pharmacie.

Elle passa la matinée à la bibliothèque du Palais de Justice et l'après-midi à traîner dans les boutiques et les restaurants. Lorsqu'elle revint au minibus, l'homme ne fit aucun mouvement et ne répondit pas à ses questions. Elle donna un peu de viande au chat, puis elle retourna en ville sous la pluie. Elle trouva refuge dans une grande salle où une cinquantaine de personnes étaient réunies pour assister à une vente à l'encan. Elle ne comprenait pas un mot de ce que disait le commissaire-priseur, mais il était très drôle à voir avec ses petites lunettes rondes, ses rouflaquettes et la curieuse mélopée que produisait sa voix aux accents métalliques lorsqu'il faisait monter les enchères.

Elle regagna le minibus à la fin de la soirée.

L'homme ne répondit pas au «bonsoir» qu'elle lui lança, mais elle fit comme si de rien n'était. Elle raconta ce qu'elle avait fait durant la journée, elle parla de Jesse James dont elle avait lu l'histoire à la bibliothèque et du mauvais sandwich à la salade de thon qu'elle avait mangé pendant la vente à l'encan. Lorsqu'elle ne trouva plus rien à dire, elle alluma le plafonnier et prit un livre qu'elle lut jusqu'au moment où elle commença à s'endormir.

Tout à coup, vers six heures du matin, elle fut réveillée par le claquement d'une portière. Pendant un moment, elle essaya de se rendormir puis elle se redressa brusquement. La pluie avait cessé et il faisait un peu plus frais.

En jeans, savates et camisole blanche, Jack revenait des toilettes. Il avançait d'un pas chancelant au milieu des flaques d'eau. Il avait les cheveux ébouriffés et la barbe longue.

La fille lui ouvrit la grande porte coulissante.

— Bonjour Jesse James! dit-elle avec une petite révérence.

Il leva vers elle un regard incertain. Il avait le visage hâve et les yeux cernés.

— Salut Calamity Jane! répliqua-t-il.

Sa voix était éraillée et chevrotante.

La fille avait un large sourire, mais il entra dans le minibus sans la regarder.

— J'ai faim, dit-il.

— Pas surprenant, dit-elle. Vous n'avez rien mangé depuis trois jours.

— J'ai les jambes molles comme de la guenille.

Il s'assit à la table et se mit à préparer un jus d'orange pendant que la Grande Sauterelle installait le réchaud Coleman, branchait la grosse bonbonne bleue et faisait chauffer l'eau du café.

Il pressait les oranges. Ses mains tremblaient et...

— Faites attention! dit la fille. Vous arrosez mon beau livre avec votre jus d'orange!

Il y avait un livre sur la table et, à la page où il était ouvert, on pouvait lire l'histoire de Jesse James et de son frère Frank. Une giclée de jus d'orange avait atterri en plein sur une photo qui se trouvait sur la page de droite ; Jack regarda qui était ce personnage : c'était nul autre que Jesse James, le fameux hors-la-loi.

Jean-Louis Rieupeyrout, *Histoire du Far-West*, Paris, Tchou, 1967, p. 603.

— C'est un livre de la bibliothèque, dit la fille.

— Vous l'avez *emprunté* ?

— Non, mais c'est ce que je vais être obligée de faire si vous continuez de l'arroser avec votre jus d'orange.

— Je suis complètement désolé.

L'homme n'avait pas vraiment l'air désolé. Et même, il commençait à se sentir en assez bonne forme. Il se prépara un énorme jus d'orange, un bol de corn flakes avec une banane, deux œufs au bacon, trois toasts avec de la confiture de framboises et deux tasses de café noir.

— Savez-vous ce que j'avais depuis trois jours ? demanda-t-il à la Grande Sauterelle.

— Non. La fièvre jaune ? fit-elle ironiquement.

— Non.

— La peste bubonique ?

— Non.

— Je donne ma langue au minou.

— J'avais le complexe du scaphandrier, dit-il.

— Qu'est-ce que c'est ça ? demanda-t-elle en le regardant pour voir s'il parlait sérieusement ou non.

Il avait l'air sérieux.

— Je vais vous l'expliquer, dit-il, mais seulement lorsque vous m'aurez dit ce que signifie cette histoire de Jesse James et de son frère Frank.

— Quelle histoire de Jesse James et de...

— Ne faites pas l'innocente, coupa-t-il. Vous avez laissé votre livre sur la table et il était ouvert exactement à l'endroit où se trouve l'histoire des deux frères, Frank et Jesse James.

— Pure coïncidence, dit-elle.

— Ça ne serait pas plutôt dans le but de me faire comprendre des choses au sujet de mon frère ?

— Comme quoi, par exemple ?

— Par exemple, l'idée que même si on aime beaucoup son frère, ça ne l'empêche pas d'être un bandit.

— C'est une idée qui ne m'a jamais traversé l'esprit.

Elle avait l'air aussi sérieux que lui au moment où il avait parlé de son complexe du scaphandrier. Impossible de voir si elle disait la vérité ou non.

— De toute manière, dit-il, j'ai beaucoup réfléchi à cette histoire de document volé et je suis arrivé à la conclusion que Théo était un nationaliste. Peut-être même un membre du F.L.Q. Il pensait que la carte était un document original et il voulait l'enlever aux Américains pour la ramener au Québec.

Il regarda la fille pour voir ce qu'elle pensait, mais elle avait toujours son air sérieux et impénétrable. Il y avait peut-être, dans ses yeux noirs, une petite lueur comme celle qui brillait dans les yeux des mères poules, mais ce n'était pas certain.

— Alors ce complexe du scaphandrier, qu'est-ce que c'est au juste ? demanda-t-elle.

— Eh bien, c'est pas facile à expliquer, dit-il, mais je vais essayer.

Il se mit à parler lentement, en cherchant ses mots, les coudes sur la table et la tête entre les mains.

— Le complexe du scaphandrier, dit-il, c'est... un état pathologique dans lequel on se renferme quand on est en présence de difficultés qui paraissent insurmontables. Mais en réalité, on ne sait pas trop ce qui se passe, on agit d'une manière... instinctive. On sent qu'il est absolument nécessaire de se protéger, alors on s'enferme dans le scaphandre : on commence par revêtir l'énorme combinaison de caoutchouc imperméable qui ressemble au costume du bonhomme Michelin, ensuite on met le casque en cuivre qui est rond comme une boule et qui est muni de trois petites fenêtres quadrillées, et finalement on doit mettre les lourdes semelles de plomb, sinon...

— Je sais, je sais, dit la fille. Et ensuite ?

— Ensuite on descend lentement dans l'eau par l'échelle du bateau. On est à l'abri dans le scaphandre. L'eau ne paraît pas trop froide. On descend de plus en plus creux et la lumière diminue. La pénombre est très agréable et c'est très réconfortant aussi de savoir qu'il y a quelqu'un à la surface de l'eau qui veille sur nous et actionne la pompe servant à nous fournir de l'air. On se sent en sécurité et on continue à descendre. Finalement on arrive au fond de l'eau : c'est le calme et on est très bien. Il y a un tout petit peu de lumière. On n'a presque pas envie de bouger. On est dans un nouveau monde. On est vraiment très bien. On voudrait rester là toujours... Voilà, c'est tout. C'était le complexe du scaphandrier.

La Grande Sauterelle se versa une tasse de café.

— Maintenant je comprends quelque chose, dit-elle.

— Qu'est-ce que vous comprenez ? demanda-t-il, un peu inquiet.

— Quand vous êtes revenu des toilettes, tout à l'heure, je vous regardais marcher dans les flaques d'eau...

— Oui. Et alors ?

— Je trouvais que vous aviez de la peine à marcher et je me demandais pourquoi. Maintenant j'ai compris.

— Oui ?

— Vous aviez oublié d'enlever vos grosses semelles de plomb !

16

CHOP SUEY

Un peu avant midi, la fille revint d'Independence Square avec un colis qui contenait un rupteur, un condensateur, quatre bougies de marque Bosch et trois litres d'huile à moteur.

Elle sortit de son havresac une toile isolante et elle l'étendit sous l'arrière du Volkswagen parce qu'elle voulait vérifier le jeu des soupapes ; il lui semblait que les soupapes claquaient un peu, mais elle n'était pas sûre. Prenant avec elle la trousse à outils du Volks, elle s'allongea sur la toile et retira les couvercles placés de chaque côté du moteur. Avec une jauge d'épaisseur, elle vérifia le jeu de chaque soupape en passant d'un côté du moteur à l'autre et elle fut heureuse de constater qu'il n'y avait aucun réglage à faire.

— Tout est correct, dit-elle à l'homme.

Il faisait au moins 30° Celsius sur l'asphalte du *trailer park* et elle n'avait pas du tout envie de se taper un réglage de soupapes. Par contre, elle ne répugnait pas à faire une petite mise au point du moteur et même une vidange d'huile. Elle avait mis sa vieille paire de shorts et une chemise tachée de peinture dont les pans étaient attachés par un nœud sur sa poitrine. Dans la roulotte la plus proche, un homme était à sa fenêtre et la regardait.

Elle commença par dévisser les bougies et, parce qu'elles étaient carbonisées, elle les remplaça par des neuves après avoir ajusté l'écartement des électrodes. Ensuite elle retira le chapeau du distributeur.

— Pourriez-vous m'apporter ma lampe de réglage ? demanda-t-elle à Jack. Je vais en avoir besoin dans deux minutes. Elle est dans mon gros sac. Dans le fond du sac. Probablement entre deux chandails.

Elle enleva le rotor et elle vit tout de suite que les contacts du rupteur avaient une teinte bleu foncé, alors elle remplaça le rupteur ainsi que le condensateur. Elle était en train d'aligner les contacts du nouveau rupteur lorsque Jack revint avec la lampe.

— Elle n'était pas dans le fond du sac, mais je l'ai trouvée quand même, dit-il.

Il posa la lampe sur l'asphalte à côté de la fille et elle vit qu'il avait apporté une simple lampe de poche.

— Ce qu'il me faut, dit-elle sans perdre son calme, c'est une lampe spéciale pour régler l'allumage. Une lampe *stroboscopique*. Vous voyez ce que je veux dire ?

— Oui, mais...

— ... mais vous ne pouviez pas croire que j'en avais une, c'est ça ?

— C'est ça, avoua-t-il. J'avais oublié que vous étiez mécanicienne. Excusez-moi.

Il retourna chercher la lampe et, en passant près de la roulotte du voisin, il jeta un regard assassin à l'homme qui le regardait en souriant derrière sa fenêtre.

La fille brancha la lampe et demanda à Jack d'aller mettre le moteur en marche. Elle permit au moteur de se réchauffer. Jack regarda par-dessus son épaule tandis qu'elle braquait le jet de lumière clignotant sur les points de repère qu'il fallait aligner. Quand cette tâche fut accomplie, elle se glissa une nouvelle fois sous le véhicule et elle vidangea l'huile du moteur en utilisant le plat qui servait au chat dans les cas d'urgence. Elle vérifia aussi le niveau d'huile de la boîte de vitesses et du différentiel.

— C'est tout ce que je peux faire, dit-elle après avoir remis de l'huile dans le moteur. Je n'ai pas les outils qu'il faut pour les freins et pour le graissage. Faudrait aller au garage.

— Bien sûr, dit l'homme. Je ne sais pas comment vous remercier.

— C'est simple, dit-elle, préparez-moi quelque chose à manger pendant que je prends une douche. J'ai une faim terrible.

Elle était en sueur et elle avait des taches d'huile partout. Il lui prépara une salade de poulet avec toutes sortes de fruits et de légumes ; la table était mise et tout était prêt lorsqu'elle revint de la douche, les cheveux relevés et enveloppés dans une serviette, et vêtue en plein après-midi de sa fameuse robe de nuit blanche.

Après le repas, elle demanda si le chat avait mangé.

— Je ne l'ai pas vu, dit l'homme.

— Ah non ? Est-ce qu'il était là hier soir ?

— Mais... je pensais qu'il était avec vous !

— Moi aussi !

Elle réfléchit un moment.

— Il doit être dans le champ, dit-elle.

Ce que la fille appelait «le champ» n'était qu'un terrain vague avec des touffes d'herbe qui se trouvait à l'arrière du *trailer park*. Le chat s'y promenait souvent. De toute évidence, il n'aimait pas beaucoup l'asphalte.

— Il est né à la campagne, dit la fille. Ses parents et même ses grands-parents venaient de la campagne.

Le chat avait derrière lui toute une lignée d'ancêtres campagnards qui le justifiait d'avoir le goût des longues promenades dans l'herbe. Il n'y avait pas lieu de s'inquiéter, mais tout de même la fille ne put résister à l'envie d'aller voir dans le champ. Elle ôta sa robe de nuit, elle mit ses jeans et un T-shirt et, sortant du minibus, elle s'approcha de la clôture ; elle appela doucement le chat mais il ne vint pas ; elle mit deux doigts dans sa bouche et siffla : elle n'eut pas plus de succès.

Jack la rejoignit. Ils franchirent la clôture et marchèrent ensemble dans le champ ; le petit chat n'était pas là. Ils se mirent à faire le tour de rues voisines ; ils examinaient les perrons et les galeries et, quand il n'y avait pas de monde, ils inspectaient les allées et les fonds de cour, mais ce fut en vain. Alors ils marchèrent au hasard en s'éloignant de plus en plus du *trailer park*. À la fin, ils ne cherchaient pas vraiment, car ils étaient persuadés que le chat était revenu pendant leur absence.

Mais le chat n'était pas là quand ils regagnèrent le Volks.

Neuf heures du soir et il n'était pas revenu.

Ils devinrent subitement très inquiets. Il s'était éloigné et il n'avait pas su retrouver son chemin. Ou encore quelqu'un l'avait ramassé. Ou bien il s'était fait courir par un chien. Ou encore il avait suivi un autre chat et peut-être même une chatte — mais non, il était beaucoup trop jeune. Quel âge avait-il au juste ? Quatre ou cinq mois. Peut-être six. Il était vraiment très jeune.

La fille n'allait pas bien du tout.

Elle se sentait coupable. Elle se reprochait d'avoir abandonné le chat dans un *trailer park* en asphalte. Ce n'était pas très intelligent. Elle aurait dû l'emmener avec elle. Même de force. Elle lui donnait trop de liberté. Il était trop jeune pour savoir ce qui était bon pour lui. C'était encore un bébé.

Jack disait qu'elle n'avait pas raison de se sentir coupable. Le vrai responsable, c'était lui parce qu'il s'était complètement replié sur lui-même et il avait oublié le chat pendant plusieurs jours. De toute façon, il était sûr que le chat allait revenir.

Il avait eu un grand nombre de chats dans sa vie. Un été, il avait vécu dans un chalet avec deux chattes et elles avaient eu chacune cinq ou six chatons. Alors le chalet était complètement envahi par les chats. Tout ça pour dire que ses chats s'éloignaient très souvent, mais ils finissaient toujours par revenir, et il se souvenait même d'un petit chat noir et blanc qui avait à peu près le même âge que celui de la Grande Sauterelle et qui s'était absenté pendant une semaine. Et un beau matin il était revenu.

Les chats avaient un sens de l'orientation vraiment incroyable.

C'est vrai, disait la Grande Sauterelle, mais il y avait la question du territoire. Tant que les chats étaient dans leur territoire, ils se débrouillaient très bien. Mais quand ils n'avaient pas de territoire ?

Ce soir-là, ils eurent du mal à dormir.

Plusieurs fois au cours de la nuit, ils s'éveillèrent parce qu'ils croyaient avoir entendu un miaulement.

Au matin, le chat n'était pas arrivé.

En préparant le petit déjeuner dans le minibus, ils discutèrent de ce qu'ils allaient faire. Premièrement, ils allaient se rendre à la Société protectrice des animaux ; ils allaient chercher l'adresse dans l'annuaire et s'y rendre à pied si ce n'était pas trop loin, ou en autobus dans le cas contraire ; il fallait évidemment laisser le Volks sur place, car le chat pouvait revenir à n'importe quel moment. Ensuite ils iraient refaire le tour des rues voisines, mais cette fois ils demanderaient aux enfants si par hasard ils n'avaient pas aperçu un petit chat noir. Et ils iraient peut-être coller une affiche sur les poteaux téléphoniques des alentours.

Jack avait pris une douche et il était en train de se raser dans la salle des toilettes lorsqu'il entendit un grand cri.

Il sortit en courant des toilettes, une moitié du visage couverte de mousse blanche.

Le chat était arrivé !

La Grande Sauterelle le tenait dans ses bras et elle dansait sur l'asphalte. Elle riait comme une folle. Plusieurs personnes avaient quitté leurs roulottes et surveillaient la scène.

— Il doit mourir de faim ! dit Jack.

— C'est vrai, dit la fille. Où est-ce que j'ai la tête ?

Elle amena le chat dans le Volks, le mit sur la table et lui versa un grand bol de lait.

Le chat flaira le lait, mais refusa de boire.

— C'est curieux. Il ne veut pas boire, dit-elle.

— Attendez un peu, dit l'homme. Je vais lui donner du steak haché. Il n'y a pas un chat au monde qui peut résister à une boulette de steak haché.

Il prit une boulette dans le frigo et la posa sur la table.

Le chat refusa de la manger. Il ronronnait, mais il ne mangeait pas.

— Pourtant, c'est une bonne boulette, dit l'homme. Je ne comprends pas. Peut-être qu'il est blessé...

Il examina le chat, mais il ne vit aucune blessure.

La fille dit :

— Peut-être qu'il est malade...

Elle mit son doigt sur le museau du chat : le museau était frais et humide comme d'habitude. Le chat était en pleine forme.

— C'est simple, conclut-elle. Il n'a pas faim et c'est tout.

— Vous avez raison, dit Jack. Il s'est débrouillé tout seul. Il a trouvé quelque chose à manger.

— Peut-être une souris, dit la fille.

— Ou bien un oiseau, dit l'homme.

— Une cuisse de poulet !

— Un pâté chinois !

— Un chop suey !

17

LE MILIEU DE L'AMÉRIQUE

Il faisait très chaud à Kansas City et il suffisait de marcher deux minutes au soleil pour être inondé de sueur. Au lieu d'aller à Independence Square et de poursuivre des recherches dans les vieux journaux de la Jackson County Historical Society, l'homme restait dans le minibus et feuilletait des livres.

Il n'avait pas vraiment le goût de lire; il prenait un livre comme ça sur ses genoux et il le feuilletait ou le caressait du bout des doigts.

Il y avait des livres dans tous les recoins du Volkswagen. À ceux que l'homme avait mis dans ses bagages en partant de Québec s'étaient ajoutés les livres qu'il avait achetés ou que la fille avait « empruntés » en cours de route. Il y en avait dans le compartiment aménagé derrière le siège du conducteur; dans le coffre à gants où dormait le chat; derrière et sous le siège du passager; sur la deuxième tablette de l'armoire à pharmacie; dans le compartiment des casseroles et autres ustensiles de cuisine ; au fond du petit placard où les vêtements de pluie étaient suspendus et sur la tablette surplombant la banquette arrière. Quel que fût l'endroit où l'on se trouvait dans le minibus, on avait toujours un livre à portée de la main.

— Je voudrais être au bord de la mer, dit l'homme.

La fille le regarda longuement. Elle venait de rentrer et elle était assise sur le siège du passager. En ayant soin de ne pas réveiller le chat, qu'ils avaient baptisé « Chop Suey », elle prit la grande carte des États-Unis dans le coffre à gants.

— Regardez, dit-elle en dépliant la carte. Venez voir quelque chose.

Il posa son livre sur la table et s'approcha d'elle.

— Regardez... (elle pointa du doigt la ville de Kansas City) c'est ici qu'on est rendus. On est à peu près au milieu de l'Amérique !

— Quand même, dit-il, j'aurais le goût d'être au bord de la mer. Je m'ennuie de la mer.

— Laquelle ? demanda la fille.

— Quoi ? fit-il.

— L'océan Atlantique ou l'océan Pacifique ? Qu'est-ce que vous préférez ? Une mer sur laquelle le soleil se lève ou bien une mer sur laquelle il se couche ?

Elle dénoua sa tresse et, prenant une brosse sur l'évier, elle commença à démêler ses cheveux.

L'homme réfléchit un moment.

— À mon âge, c'est une mer avec un soleil couchant qui conviendrait le mieux, dit-il. Mais vous, à votre âge...

— Quand partons-nous sur la Piste de l'Oregon ? demanda-t-elle brusquement.

— Vous n'avez pas envie qu'on se sépare? dit l'homme au lieu de répondre.

— Non, dit-elle.

— Pourquoi?

Elle alla chercher le petit tabouret en simili-cuir, elle tendit sa brosse à l'homme et s'assit en lui tournant le dos.

— Parce que je suis attachée au vieux Volkswagen, dit-elle.

L'homme se mit à lui brosser les cheveux délicatement, à petits coups, comme il l'avait vue faire plusieurs fois.

— Le vieux Volks peut tomber en ruine à n'importe quel moment, dit-il.

— On verra, dit la fille.

— Vos cheveux sont doux. Ils sont noirs comme le poêle, mais je n'en ai jamais vu d'aussi doux.

— Merci. Quand est-ce qu'on part?

— Vous pensez vraiment que Théo est allé sur la Piste de l'Oregon? demanda l'homme.

— Oui, c'est ce que je pense, dit-elle.

— Est-ce que vous avez fait d'autres recherches dans l'*Examiner*?

— Non, mais j'ai revu le journaliste. Il m'a donné un livre en cadeau.

— Ah oui? Comment ça?

Il avait fini de démêler les longs cheveux de la fille et il pouvait maintenant les brosser à grands coups, par-dessus et par-dessous.

— Ça ne vous paraît pas normal ? demanda-t-elle.

Il ne répondit pas.

Elle se tourna vers lui.

— Vous avez peut-être raison, dit-elle. Maintenant que vous en parlez, je me souviens que son visage avait une expression bizarre.

— Ah oui ?

— Ses yeux, surtout. Je m'en souviens très bien. Ses yeux étaient sombres et, de temps en temps, il y avait comme des éclairs... et à la lueur des éclairs on voyait passer, au fond de ses yeux, toutes sortes de choses comme des poignards, des épées, des fusils, des serpents, des tigres, des crocodiles, des rhinocéros, des dinosaures, des dragons, des...

— O.K. ! J'ai compris ! dit l'homme.

Lorsqu'il eut fini de brosser les cheveux de la fille et qu'il eut refait sa tresse, elle lui montra le livre qu'elle avait reçu du journaliste. Elle avait déjà commencé à le lire. C'était *The Oregon Trail Revisited*, par Gregory M. Franzwa, et ce titre rappelait quelque chose à Jack. Il avait l'impression d'avoir vu ça quelque part, mais où ?... et tout à coup la mémoire lui revint : c'était dans le dossier de police à Toronto ! C'était un des livres que Théo avait dans ses affaires ! Il ouvrit la bouche pour le dire à la fille, mais elle le regardait avec un large sourire et il vit tout de suite qu'elle avait compris avant lui et qu'il était en retard comme d'habitude. Alors il annonça pour se rattraper :

— Nous allons partir le plus tôt possible.

— On a beaucoup de choses à faire, dit la fille.

— C'est vrai, dit-il. Il faut aller au garage pour les freins et le graissage. Apprendre des choses sur la conquête de l'Ouest. Apprendre à vivre. Apprendre à aimer. Acheter des oranges et de la nourriture pour Chop Suey.

— Et faire un lavage, dit-elle. On n'a plus de linge propre.

*
*   *

Ils étaient dans la salle d'attente depuis une heure, plongés dans les *Popular Mechanic*, les *Car and Driver* et les *Track and Traffic*, lorsque le contremaître vint leur annoncer que le mécanicien voulait les voir; il les conduisit à l'atelier de réparations.

Le mécanicien les attendait sous le Volkswagen, qui était maintenu à hauteur d'homme par un élévateur hydraulique. Blond avec les yeux bleus, solidement bâti, il semblait avoir une cinquantaine d'années. Le chat noir était juché sur son épaule.

— J'ai trouvé ça dans le Volkswagen, dit-il en remettant le chat à la fille.

Il avait une voix douce et un léger accent qui trahissait son origine allemande.

— C'est un drôle de chat, dit-il. Il n'a pas peur du bruit et il veut voir tout ce que je fais. Comment s'appelle-t-il ?

— Chop Suey, dit la fille.

— J'aime beaucoup les chats... Votre mise au point était presque parfaite. J'ai simplement ralenti le moteur de quelques tours minute : ça va vous épargner un peu d'essence.

— Merci, dit-elle.

Jack s'avança et se mit à examiner le dessous du Volkswagen.

— Comment est le Volks ? demanda-t-il.

— Ça dépend jusqu'où vous avez l'intention d'aller, dit le mécanicien.

Prenant la baladeuse dans sa main gauche, il dirigea la lumière vers la barre transversale qui reliait les deux roues avant.

— Regardez ici, dit-il.

Il sortit une clé anglaise de la poche de ses salopettes et donna plusieurs coups sur la pièce métallique. Des parcelles de métal rouillé se détachèrent et tombèrent sur le sol.

— C'est rouillé, dit-il. Pas complètement, mais la rouille est rendue à la moitié. Maintenant, regardez par ici.

Il déplaça la baladeuse vers l'arrière du véhicule et il éclaira cette fois le châssis, entre les deux roues.

— C'est la même chose, dit-il en donnant des coups avec sa clé anglaise. Vous voyez ? Le châssis est rouillé jusqu'à la moitié.

— Est-ce que c'est grave ? demanda Jack.

— Ça dépend !

— Et comment sont les freins ? demanda la fille.

— Justement, c'est une des choses que je voulais vous montrer, dit le mécanicien.

Il tourna sa lampe de manière à éclairer l'intérieur d'une roue. Jack et la fille s'approchèrent.

— Regardez cette pièce, dit-il en mettant le doigt sur une plaque recourbée en forme d'assiette, à l'intérieur de laquelle étaient fixées les garnitures de freins. C'est la *backing plate*. Je ne sais pas comment vous dites ça en français. Cette pièce est censée être très rigide, mais elle est tellement affaiblie par la rouille que si j'enlevais la roue et si je détachais les ressorts, les garnitures et tout le reste, je pourrais facilement tordre la pièce avec mes doigts.

Il avait des mains énormes et Jack détourna les yeux lorsqu'il fit le geste de tordre une *backing plate* imaginaire entre ses doigts.

— Lorsque vous appliquez les freins, le frottement des garnitures fait chauffer la *backing plate*. Mais si elle est affaiblie par la rouille, elle peut se déformer sous l'effet de la chaleur et...

— Des plaques neuves, ça coûte cher ? demanda Jack.

Le mécanicien éteignit sa baladeuse et se tourna vers le comptoir où se trouvait le commis aux pièces.

— Peter ! cria-t-il, how much is a backing plate for this 71 bus ?

— Around thirty-five dollars each, répondit le commis. Shall I check ?

— No. But are you sure they're in stock ?

— Quite sure, yes.

Le mécanicien expliqua :

— Ça vous coûterait $ 70 pour les deux et à peu près $ 50 pour la main-d'œuvre.

— C'est cher, dit Jack. Est-ce que c'est absolument nécessaire de changer les plaques ?

— Ça dépend où vous allez, dit le mécanicien.

Jack hésita un moment.

— On s'en va sur la Piste de l'Oregon, dit-il.

Le mécanicien les regarda pensivement l'un après l'autre.

— Vous allez suivre la Piste de l'Oregon ?

— Oui, dit Jack.

— Vous allez traverser le désert et les montagnes Rocheuses ?

— Oui...

— Avec le vieux Volks ?

— Bon, j'ai compris, dit Jack. Mettez-nous des *backing plates* neuves et si vous voyez d'autres pièces qui sont défectueuses, remplacez-les aussi.

Une heure et demie plus tard, ils roulaient sur la 70 en direction ouest.

— Le moteur tourne bien, dit Jack. Entendez-vous ça ?

— Oui, il est très doux, dit la fille.

— Et les freins sont très solides. Aucune vibration. Voulez-vous que je fasse un essai ? Un *panic stop* ?

— Pas maintenant, dit-elle. Il y a une auto qui nous suit de près.

L'homme regarda dans le rétroviseur.

— C'est vrai, admit-il.

— On dirait que le vieux Volks est en grande forme, dit-elle.

Il prit un biscuit au chocolat dans le sac qu'il gardait à côté du siège.

— Et vous, comment ça va ? demanda-t-il, la bouche pleine.

— Ça va très bien.

— Mais je veux dire : êtes-vous heureuse ?

— J'ai tout ce qu'il me faut, dit-elle.

Il lui donna le temps de s'expliquer et finalement elle dit :

— Quand on est sur la route, je suis très heureuse.

18

LA PISTE DE L'OREGON

Ils ne restèrent pas longtemps sur la 70. Lorsqu'ils furent rendus à Topeka, dans le Kansas, ils obliquèrent au nord-ouest pour atteindre la rivière Big Blue, un des premiers cours d'eau que les émigrants de 1840 avaient à traverser, et de là ils rejoignirent l'Interstate 80.

La 80, dans le Nebraska, suivait de près le tracé de la vieille Piste de l'Oregon et se confondait avec elle à certains endroits.

Tous les renseignements dont ils avaient besoin se trouvaient dans *The Oregon Trail Revisited*. Ce livre non seulement leur disait où passait la vieille piste et comment s'y rendre, mais en plus il leur fournissait des données sur chacun des sites historiques et il rapportait même quelques passages des journaux que les émigrants avaient rédigés au cours du voyage.

Mais Jack et la fille aimaient le livre pour une autre raison : l'attitude paternelle de l'auteur. Lorsqu'il disait, par exemple, suivez telle route jusqu'à une vieille grange, prenez un chemin de terre, traversez une voie ferrée, tournez à gauche et avancez jusqu'au ruisseau, ensuite abandonnez le véhicule et comptez cent cinquante pas dans l'herbe en direction sud, et alors regardez bien les ornières qui sont là dans le champ : c'est la fameuse Piste de l'Oregon... lorsqu'il donnait ces instructions très détaillées, l'auteur ajoutait qu'il fallait prendre garde au passage à niveau parce que la signalisation était déficiente, ou encore qu'il était préférable de se munir de bottes pour marcher dans le champ à cause des serpents à sonnettes.

Le Volkswagen roulait sur la 80. Jack était au volant et la fille lisait le livre dont ils étaient amoureux. Bien sûr, ils ne suivaient pas toutes les instructions de l'auteur ; ils aimaient mieux demeurer sur l'Interstate afin d'arriver plus vite aux endroits où ils avaient des chances de retrouver la trace de Théo.

— Ça n'a pas été facile de traverser la Big Blue, dit la fille, qui avait le livre sur les genoux.

— Ah non ? fit-il.

— Avec les pluies du printemps, la rivière était large et profonde et le courant était rapide, alors il a fallu construire des radeaux.

— Mais... les chariots ne flottaient pas ? Je veux dire : le fond des chariots n'avait pas été enduit de goudron pour qu'ils flottent ?

— Oui, mais ils étaient trop chargés. C'est incroyable, tout ce que les gens ont apporté : en plus de la nourriture, des vêtements, des armes et des instruments aratoires, il y avait de gros poêles en fonte, des bureaux en chêne massif et toutes sortes de meubles anciens. Des souvenirs de famille !

Jack secoua la tête en signe d'incrédulité.

— Ils ont été obligés de décharger les meubles et de mettre tout ça sur les radeaux, dit la fille. Il a fallu plusieurs voyages...

— Est-ce qu'on avait attaché un câble de chaque côté de la rivière ?

— Bien sûr.

— Et le bétail ? demanda-t-il.

— Pas de problème, dit-elle. On a fait traverser les chevaux en premier ; les bœufs et les vaches ont suivi à la nage. On n'a pas perdu une seule bête.

— Tant mieux. Alors tout le monde est en forme et on se remet en marche ?

— C'est ça. Il ne faut pas perdre de temps si on veut arriver aux montagnes Rocheuses avant les premières neiges d'octobre. On se dirige au nord-ouest vers la rivière Platte et on va suivre la rive sud de ce cours d'eau sur une longue distance. À mesure qu'on avance, le paysage se transforme. Au début, lorsque la caravane a quitté Independence, il y avait des collines et, avec l'herbe qui ondulait dans la prairie, on avait un peu l'impression d'être en bateau. Maintenant les arbres sont plus rares, la verdure a presque entièrement disparu, on ne voit que des buissons par-ci, par-là. Le paysage est devenu plus aride et il fait chaud. Au milieu de l'après-midi, c'est vraiment très chaud. Presque tous les jours, il y a des orages épouvantables. On se fait mouiller jusqu'aux os.

— La toile des chariots n'est pas imperméable ? demanda Jack.

— Elle est imperméable, dit la fille. Mais la plupart du temps on est à pied. On marche à côté des chariots.

— Pourquoi ?

— Les chariots n'ont pas de ressorts. On se fait terriblement secouer là-dedans, alors c'est plus agréable d'aller à pied. De toute manière, les bœufs sont très lents.

— Quand on est mouillé jusqu'aux os, on a hâte de s'arrêter et de camper pour la nuit, remarqua l'homme.

— C'est le *wagon master* qui décide. Quand il voit que le soleil descend à l'horizon, il donne le signal de l'arrêt et les chariots sont placés en cercle et attachés les uns aux autres. On dételle les bœufs et on les conduit hors du cercle avec les chevaux et le reste du bétail. On envoie les enfants ramasser du bois ou des *buffalo chips*.

— Des *buffalo chips*?... Ça doit sentir le diable...!

— Ah non, ça brûle très bien et ça ne sent pas du tout... Les hommes sortent les poêles de camp et dressent les tentes. Les femmes font cuire les morceaux de viande que les chasseurs ont ramenés. Après le repas, les enfants vont jouer aux alentours, les jeunes gens chantent et dansent au son du violon ou de l'harmonica, pendant que les adultes établissent les tours de garde pour la nuit et distribuent les responsabilités pour l'étape du lendemain. On se couche tôt, entre neuf et dix heures, car c'est à quatre heures du matin qu'on va entendre le signal du réveil.

— Quelle heure est-il? demanda l'homme.

— C'est vous qui avez une montre, dit doucement la fille.

— Ah oui.

Il était cinq heures de l'après-midi. Sur l'Interstate 80, le soleil devenait aveuglant. Jack abaissa le pare-soleil. Il était fatigué de conduire, mais il ne voulait pas empêcher la fille de lire *The Oregon Trail Revisited*.

— Où est le camping le plus proche? demanda-t-il.

— C'est à North Platte, dit-elle. Une demi-heure de route. Vous voulez que je vous remplace?

— Non, ça va.

— Il y a un musée Buffalo Bill, dit-elle, et elle se replongea dans son livre.

La Grande Sauterelle était une maniaque des livres. Elle aimait les livres et les mots. Un jour, elle s'était mise en colère parce qu'une personne avait dit : « Une image vaut mille mots. » Elle avait « emprunté » un magazine et, avec une paire de ciseaux, elle avait découpé les lettres nécessaires pour composer la phrase suivante, qu'elle avait fixée avec du scotch tape sur le tableau de bord du Volkswagen : UN MOT VAUT MILLE IMAGES.

Sa façon de considérer les livres était spéciale. La chose la plus étonnante que Jack eût entendue de toute sa vie, au sujet des livres, avait été dite par la Grande Sauterelle un soir qu'ils étaient à Saint Louis et qu'ils avaient du mal à dormir parce que la chaleur humide du vieux Mississippi envahissait le Volkswagen. Jack était déprimé ce soir-là et il ne pouvait pas se rappeler les mots exacts, mais elle avait dit à peu près ceci :

— Il ne faut pas juger les livres un par un. Je veux dire : il ne faut pas les voir comme des choses indépendantes. Un livre n'est jamais complet en lui-même ; si on veut le comprendre, il faut le mettre en rapport avec d'autres livres, non seulement avec les livres du même auteur, mais aussi avec des livres écrits par d'autres personnes. Ce que l'on croit être un livre n'est la plupart du temps qu'une partie d'un autre livre plus vaste auquel plusieurs auteurs ont collaboré sans le savoir. C'est tout ce que je voulais dire au sujet des livres et maintenant je vais essayer de dormir. Bonne nuit.

*
*　　*

Bondé de touristes et dénué d'arbres, le camping de North Platte n'était pas très agréable. Ils mangèrent en vitesse et se rendirent aussitôt au musée Buffalo Bill.

William F. Cody avait obtenu son surnom de Buffalo Bill en 1867, lorsqu'il avait été engagé par le Kansas Pacific Railroad pour fournir de la viande fraîche aux employés de cette société ferroviaire ; dans l'exercice de ses fonctions, il avait abattu douze bisons par jour pendant dix-huit mois.

— Ça doit faire cinq ou six mille bisons, dit la fille.

Elle avait encore une fois le visage dur et les yeux brillants, et Jack vit tout de suite que Buffalo Bill, comme les autres héros de son frère et comme son frère lui-même, allait essuyer une tempête. Cette fois, prenant les devants, il dénonça lui-même les prétendus hauts faits du chasseur de bisons : il avait « tué son premier Indien à l'âge de douze ans » ; il était devenu éclaireur pour le compte de l'odieux général Custer ; il avait participé à la guerre contre les Sioux ; il était sorti vainqueur d'un duel avec Yellow Hand, l'un des plus grands chefs des Cheyennes, et finalement il avait organisé une sorte de cirque ambulant, le *Wild West Show*, qui s'était produit dans plusieurs pays d'Europe.

La tactique de l'homme apaisa la colère de la Grande Sauterelle et incita même la fille à dire que Buffalo Bill n'avait pas commis que des erreurs dans sa vie. Elle rappela qu'il avait été l'un des meilleurs cavaliers du Pony Express, ce service postal qui recrutait des jeunes gens pour livrer le courrier à toute allure entre le Missouri et la Californie ; un jour que les Indiens avaient incendié les relais où il devait être remplacé par un autre cavalier avec une monture fraîche, il avait parcouru 515 kilomètres sans se reposer. Elle ajouta que, vers la fin de sa vie, il avait un ranch dans le Wyoming où il élevait un troupeau de bisons.

— Le vieux Buffalo Bill s'était peut-être rendu compte que les bisons étaient en voie d'extinction, dit-elle en sortant du musée.

— Peut-être même que s'il y a encore des bisons en Amérique, c'est grâce à lui, dit Jack.

— Faudrait quand même pas exagérer, dit la fille.

En général, Jack était celui des deux qui dormait le moins bien ; il se levait plusieurs fois chaque nuit pour manger des biscuits et réfléchir à toutes sortes de choses. Mais cette nuit-là, au camping de North Platte, dans le Nebraska, c'est la fille qui eut le plus de mal à dormir. Elle se tournait et se retournait en maugréant, et Jack reçut trois ou quatre coups de genou dans les reins.

Au milieu de la nuit, elle se mit à marmonner des mots anglais dans son sommeil, des mots qu'il avait entendus plusieurs fois déjà sans les comprendre, et cette fois il reconnut une exclamation qu'il avait vue dans un des livres qu'elle lisait sur les Indiens : « White men, big shitters ! »

Elle s'agitait de plus en plus, alors il lui toucha l'épaule pour la réveiller.

— Hein ? fit-elle.

— Vous faites un mauvais rêve, dit l'homme.

— Ah oui... les bisons !

Elle s'assit dans le lit et se mit à parler des bisons. Au début, ses propos n'étaient pas très cohérents, mais Jack l'écoutait sans impatience.

— Il y a une rumeur lointaine... dit-elle. Vous êtes installé dans la plaine, au bord d'une rivière, et vous êtes en train de préparer votre lunch quand tout à coup vous entendez une rumeur, un bruit sourd qui grandit.

La première idée qui vous passe par la tête, c'est qu'il s'en vient un orage... Vous jetez un coup d'œil inquiet vers le ciel, mais il est bleu et vous ne voyez pas le moindre nuage à l'horizon. Cependant, le bruit sourd continue à grandir... Vous commencez à comprendre que ça vient de l'autre bout de la plaine, alors vous abandonnez votre repas et vous grimpez sur une colline pour essayer de voir ce qui se passe. Vous apercevez d'abord un gros nuage de poussière qui vous fait penser à une tempête de sable dans le désert, comme on en voit au cinéma, puis vous distinguez des points noirs, une multitude de points noirs en mouvement; les points noirs grossissent peu à peu et vous voyez bien qu'il s'agit d'un immense troupeau de bisons. Ils sont en si grand nombre que la plaine tout entière ne suffit pas à les contenir. Ils fuient devant quelque chose: un feu d'herbe ou bien des chasseurs indiens. Les bisons traversent la plaine au galop et lorsqu'ils passent devant votre colline en martelant le sol de leurs lourds sabots, c'est comme un temblement de terre.

La fille rappela qu'il y avait à peu près 60 millions de bisons avant l'arrivée des Blancs. Dans ce temps-là, les Indiens des Plaines ne chassaient que pour assurer leur subsistance et la chasse était accompagnée de cérémonies rituelles.

Elle n'approuvait pas toutes leurs méthodes, notamment celle qui consistait à diriger un troupeau vers une haute falaise pour que les bêtes se précipitent dans le vide et se rompent les os. Mais, en général, elle trouvait que les Indiens chassaient le bison d'une manière honorable. Et puis, tandis que les Blancs tuaient souvent le bison pour sa fourrure ou pour sa langue, les Indiens utilisaient toutes les parties de cette bête.

— Le bison, dit la fille en s'animant, fournissait aux Indiens tout ce dont ils avaient besoin. C'est pour ça que l'extermination des bisons signifiait la disparition des Indiens qui vivaient dans les Plaines.

Elle raconta comment les Indiens utilisaient les peaux de bison pour confectionner des tentes, des vêtements, des couvertures et des canots ; les cornes et les sabots pour fabriquer de la colle, des couteaux, des cuillers et des gobelets ; les muscles, les tendons et les poils pour tresser des courroies et des ceintures ; les os pour faire des patins de traîneaux ; les sucs de l'estomac et le sang pour préparer des produits de pharmacie. La liste était interminable et Jack avait de plus en plus l'impression, à mesure que la fille parlait, que si un Indien des Plaines, juste devant la colline qui permettait d'observer le troupeau, abattait un bison d'une flèche ou d'une balle bien placée derrière l'épaule et que les squaws arrivaient ensuite pour faire le dépeçage, tout ce qui allait rester de l'énorme bête une fois le travail terminé, ce serait un peu de sang séché dans l'herbe et quelques touffes de poils.

La fille avala un verre de lait et deux biscuits, puis elle se recoucha. Mais, au lieu de se rendormir, elle se lança dans une violente sortie contre tous les Blancs qui s'étaient faits chasseurs de bisons pour des raisons financières, comme Buffalo Bill ou comme les employés des compagnies de fourrures, ou encore pour des raisons sportives, comme les gens riches qui venaient de New York ou de Washington à bord de trains spéciaux et, sans mettre pied à terre, déchargeaient leurs carabines sur les troupeaux que des rabatteurs avaient poussés le long de la voie ferrée ; elle réserva ses épithètes les moins flatteuses au grand-duc Alexis de Russie, fils du tsar Alexandre II, qui était venu chasser le bison avec sa suite et ses caisses de champagne en 1872.

Elle se calma peu à peu. Jack était assis en face d'elle, les jambes repliées sous lui, le dos appuyé contre le mur en contre-plaqué, et il ne disait rien. Elle s'excusa de l'avoir tenu éveillé si longtemps. Elle l'aida à se recoucher, puis elle alluma une chandelle et, de sa voix la plus douce, elle lui lut la *prière sioux pour le retour des bisons.*

PRIÈRE SIOUX POUR LE RETOUR DES BISONS
(1889)

Père, aie pitié de nous ;
Nous pleurons parce que nous avons soif,
Tout est fini.
Nous n'avons rien à manger ;
Père, nous sommes misérables.
Nous sommes très malheureux.
Le bison n'est plus,
Ils ont tous disparu.
Aie pitié de nous, Père ;
Nous dansons comme tu le désires
Puisque tu nous l'as ordonné.
Nous dansons avec peine,
Nous dansons longtemps.
Aie pitié,
Père, aide-nous ;
Nous sommes près de toi dans les ténèbres ;
Entends-nous et aide-nous,
Chasse les hommes blancs,
Ramène le bison,
Nous sommes pauvres et faibles,
Nous ne pouvons rien seuls ;
Aide-nous à être ce que nous étions
D'heureux chasseurs de bisons.

19

MOURIR AVEC SES RÊVES

Ils se levèrent tard.

La Grande Sauterelle était d'excellente humeur. Elle s'installa au volant et l'homme prit le siège du copilote. Il étudia brièvement le trajet qu'ils allaient suivre sur l'Interstate 80, puis il se plongea dans la lecture de leur livre préféré, *The Oregon Trail Revisited.*

La fille ouvrit la radio. Il y avait des chansons western et elle se mit à chantonner les airs qu'elle connaissait. Une des chansons était très ancienne. Elle avait été composée par Jimmie Rodgers. Intitulée *Hobo Bill's Last Ride,* elle racontait l'histoire de Bill, un vagabond solitaire et malade qui était couché dans un wagon de marchandises au cours d'une nuit froide et pluvieuse, tandis que le train fonçait dans l'obscurité. Les dernières paroles de la chanson disaient :

It was early in the morning when they raised the
                                                    hobo's head.
The smile still lingered on his face but Hobo Bill
                                                    was dead.

There was no mother's longing to soothe his
                                                weary soul,
For he was just a railroad bum who died out in
                                                the cold.

Avec les sifflements nostalgiques de la locomotive et la voix nasillarde de Jimmie Rodgers, la chanson était digne de figurer au *Concours de la chanson la plus triste au monde*.

Elle ferma la radio et demanda à Jack comment les choses se passaient dans son livre.

— Pas trop mal, dit-il, à part la poussière...

— Les émigrants avalent de la poussière ?

— Ils n'ont jamais mangé autant de poussière de leur vie. Ils ont relevé leur mouchoir sur leur nez, et les chariots avancent en lignes parallèles au lieu d'être à la file indienne, mais comme la plaine est de plus en plus aride, les bœufs et les chariots soulèvent des nuages de poussière. Et il n'y a plus d'eau fraîche.

— Vous n'avez pas vu de cours d'eau ?

— Il y avait une sorte d'étang, dit Jack, mais l'eau était empoisonnée.

— Qui vous a dit ça ? Vous avez vu une affiche avec une tête de mort ?

— Mais non !

Jack secoua la tête en riant.

— Mais non, dit-il. Pas besoin d'affiche. Il suffisait de sentir cette odeur de pourriture... Le guide a dit que si on se risquait à boire, c'était la dysenterie ou le choléra ou quelque chose du genre. L'eau avait été empoisonnée.

— Par les Indiens ?

— Non. Un troupeau de bisons. Les Indiens n'auraient pas fait une chose pareille, n'est-ce pas ?

— Bof... non, pas au début des années 40, dit-elle après un moment de réflexion.

Ensuite elle demanda :

— Comme ça, vous avez un guide ? Pas seulement un *wagon master*, mais aussi un guide ? Un vrai guide ?

— Bien sûr, dit Jack.

— Votre expédition est très bien organisée ! s'exclama-t-elle. Et comment s'appelle-t-il, ce guide ? Jim Bridger ? Kit Carson ?

— On a choisi un francophone pour qu'il soit capable de s'entendre avec les Indiens.

— Un francophone... Frémont ?... Bonneville ?

— C'est un guide *spécial*, dit l'homme.

— Ah bon !... Il ne s'appellerait pas Théo, par hasard ?

— Est-ce qu'il y a une raison sérieuse pour laquelle il ne pourrait pas s'appeler Théo ?

— Je ne vois aucune raison sérieuse, dit-elle. Alors comment ça se passe avec les Indiens ?

— Jusqu'ici, on a rencontré des Kansas et des Cheyennes. Les Kansas voulaient du tabac et des couvertures. Théo leur a dit qu'il était d'accord, mais, en échange, il a exigé de la viande de bison. On a procédé à l'échange et tout s'est bien passé. Mais les choses n'ont pas été aussi simples avec les Cheyennes. Ils voulaient des chevaux. Ils disaient que les caravanes faisaient peur aux bisons et qu'ils avaient besoin de chevaux pour leur faire la chasse.

— Je trouve que c'est assez logique.

— C'est ce que le guide disait, lui aussi, mais il n'était pas d'accord pour donner des chevaux. Il préférait qu'on leur donne n'importe quoi, même des fusils. Il voulait qu'on garde les chevaux pour les Sioux. Il a dit qu'on allait bientôt arriver dans la région des Sioux et qu'ils étaient les plus exigeants et les plus habiles de tous les Indiens des Plaines. On allait être *obligés* de leur céder des chevaux. Si on n'acceptait pas de les échanger, ils allaient les voler. Et même, ils étaient capables de voler des chevaux à une caravane et de les revendre à la caravane suivante!

— Vous avez un guide qui connaît bien les Indiens, ça se voit tout de suite.

— Il connaît les Indiens et il connaît la région comme sa poche. Mais ce n'est pas tout. Le guide ne se contente pas de faire son travail: il donne un coup de main au *wagon master*.

— Comment ça? demanda la fille.

— Le *wagon master* est un peu zouave, dit l'homme. Quand il faut prendre une décision, il se met à hésiter. Il dit que c'est parce que sa tête est pleine de brume. Vous voyez ce que je veux dire?

— Je vois ça d'ici. Il est *spécial*, lui aussi.

— C'est ça. En fin de compte, c'est Théo qui décide à quelle heure on s'arrête, à quel moment on repart, à quel endroit on traverse une rivière, comment on répare un moyeu cassé, de quel côté on a les meilleures chances de tuer un bison ou une antilope, comment on interprète les signes de piste et les signaux de fumée des Indiens, et tout le reste. Tiens, il vient justement de passer à toute allure sur son cheval. Avez-vous vu ça? Ils s'en allait vers les chariots de queue et il nous a fait un signe de la main en passant. De temps en temps, le guide va voir comment les choses se passent à l'arrière du convoi: c'est là que se trouvent les vaches et les chevaux que nous emmenons en Oregon, dans la vallée de la Willamette, où nous allons cultiver la terre et élever des animaux. Le problème, avec les vaches, c'est qu'elles ont toujours envie de s'éloigner pour brouter de l'herbe. Quant aux chevaux, ils suivent les chariots et ils ne nous causent pas d'ennuis, mais il faut quand même les surveiller à cause des Indiens et aussi parce qu'ils peuvent se casser une patte en glissant dans un des trous creusés par les chiens de prairie. Il y a des gens à cheval qui ont pour tâche de surveiller le bétail, mais le guide préfère se rendre compte par lui-même s'ils font bien leur travail et s'ils n'ont pas de problèmes.

Jack s'interrompit un moment. Il n'était pas habitué à tant parler. Lorsqu'il eut repris son souffle, il poursuivit :

— C'est la fin de juin. Depuis qu'on a quitté Independence, dans le Missouri, on a parcouru 30 à 40 kilomètres par jour ; on n'a pas eu d'ennuis, si ce n'est les rivières à traverser, la chaleur, la poussière, les orages et les maringouins. Le guide sait très bien que le terrain va bientôt devenir plus accidenté et que les difficultés s'en viennent, alors il prend le temps de parler aux émigrants ; il leur explique ce qui va se passer et il encourage tout le monde, les hommes, les femmes et les enfants. Il sait que les émigrants ne sont pas des héros. Ce sont des gens ordinaires. Ils étaient fermiers, artisans, professeurs, missionnaires dans le Michigan, le Kentucky, l'Indiana, l'Ohio, l'Illinois, le Missouri. Ils ne sont pas riches, mais ils avaient assez d'argent pour acheter un chariot et des bœufs et tout l'équipement nécessaire au voyage. Ce ne sont pas des aventuriers. Ce qu'ils cherchent, ce n'est pas l'aventure, c'est... en fait, ils ne le savent pas exactement. Ils ont entendu dire que, dans l'Ouest, il y avait des terres très vastes et très fertiles ; ils ont décidé d'y aller, c'est tout. Ils pensent qu'ils vont trouver une vie meilleure là-bas, sur les bords du Pacifique. Ce qu'ils cherchent, au fond, c'est le bonheur.

Jack se taisait depuis un bon moment. Il s'était remis à lire le fameux livre tout en caressant le chat qui ronronnait sur ses genoux, lorsque tout à coup il releva la tête et considéra le paysage d'un air perplexe.

— Hein ? fit-il. On est sur la 26 ?

— Mais non, on est sur la 80, dit la fille sans s'énerver.

— Pas du tout ! Je viens juste de voir un panneau : c'était écrit 26 WEST. Vous ne l'avez pas vu ?

— Non.

— Alors on s'est trompés de chemin, dit-il.

— Excusez-moi, j'étais distraite. Je pensais vraiment qu'on était encore sur la 80.

— C'est ma faute. C'est moi qui étais le copilote. J'aurais dû faire mon travail au lieu de raconter toutes sortes d'histoires.

— Mais non, c'était très intéressant.

— Vous dites ça pour me faire plaisir.

Elle lui fit un clin d'œil.

— Un instant, je vais examiner les cartes, dit-il.

Fouillant dans la documentation qu'ils avaient obtenue à la frontière du Nebraska, il prit une carte de cet État et se mit à chercher quel était l'endroit où la Grande Sauterelle pouvait bien avoir commis l'erreur de quitter la 80 pour la 26.

C'était à Ogallala. Cette ville était le seul endroit où les deux routes se croisaient. C'était là, de toute évidence, que l'erreur avait été commise.

Cependant, il y avait quelque chose d'étrange dans l'attitude de la fille : elle conduisait le Volks à

100 kilomètres-heure au lieu de ralentir; et puis elle sifflait *Un Canadien errant*.

Il reprit la carte mais, cette fois, il eut soin de l'étudier à la lumière des informations données par *The Oregon Trail Revisited*. Il vit alors que la rivière Platte s'était divisée en deux branches, nord et sud, et que la Piste de l'Oregon s'étendait le long de la branche nord. Du même coup il constata qu'à partir d'Ogallala, la route qui suivait la Piste de l'Oregon n'était pas la 80 mais bien la 26 : la fille avait bifurqué à droite et elle avait pris la bonne route sans dire un mot.

— On est sur la bonne route, dit-il. Je me suis conduit comme un...

Il ne trouvait pas le mot juste.

— ... zouave ? suggéra-t-elle.

— À peu près.

— Vous vous êtes couvert de ridicule ?

— Oui.

— Et vous avez atteint le fond de l'ignominie ?

— Oui, c'est ça.

Elle se mit à rire et, de son côté, il parvint à exhaler une sorte de ricanement nerveux.

Pour racheter sa distraction de copilote et dissimuler sa confusion, il se replongea dans l'étude des cartes. Il annonça qu'ils allaient arriver à un endroit dont il était souvent question dans les journaux des émigrants.

— Ça s'appelle Ash Hollow, dit-il. Et il y a un camping juste à côté. Mais je suppose que vous saviez tout ça...

— Je m'en souviens vaguement. Qu'est-ce que ça veut dire en français, Ash Hollow ?

— Ça veut dire «le vallon des frênes»... Le guide disait tout à l'heure aux émigrants que les difficultés allaient commencer. Eh bien, il ne se trompait pas. Le terrain s'est élevé peu à peu et voilà que les émigrants se retrouvent sur un haut plateau aride. Ils doivent descendre une pente si abrupte qu'ils sont obligés de bloquer les roues des chariots en les attachant à la caisse avec des chaînes; il font glisser les chariots le plus lentement possible en les retenant avec des câbles ou même en se servant d'un treuil, mais si les câbles se rompent, les chariots vont dévaler la pente à une vitesse folle et se briser en mille morceaux au fond du vallon!

— J'espère que les câbles vont tenir le coup et que tout le monde arrivera sain et sauf au bas de la pente! dit la fille.

— Merci, dit Jack. Le «vallon des frênes» est le premier endroit ombragé qu'ils trouvent en deux mois de voyage. Et en plus, il y a une belle source d'eau fraîche.

— Ça m'a l'air d'être un bon endroit pour se reposer, dit-elle.

— On est arrivés, dit-il.

À l'exception de cinq ou six employés du gouvernement, occupés les uns à vider les poubelles dans un camion de vidanges, les autres à faucher l'herbe haute à la lisière du terrain, le camping de Ash Hollow était désert. C'était un camping du genre primitif, sans électricité ni eau courante, avec pour seules commodités ce qu'il était convenu d'appeler des «toilettes sèches» ou *pit toilets* en anglais; une fontaine munie d'un robinet, au milieu du terrain, fournissait cependant de l'eau potable aux campeurs.

La Grande Sauterelle prit un savon et se dirigea vers la fontaine. Elle enleva ses vêtements, qu'elle laissa tomber dans l'herbe rase, et, n'ayant sur elle que la lanière de cuir retenant son couteau, elle s'aspergea d'eau froide et se savonna le corps. Elle cria à l'homme de lui apporter une serviette. Les employés du gouvernement interrompirent leur travail et, la faux en l'air, se mirent à la regarder.

Jack lui apporta la serviette de plage, la grande serviette sur laquelle il y avait un lion avec des perroquets et un soleil orange.

— Merci, dit-elle.

— J'ai fait manger le chat, dit-il.

— C'est gentil.

Elle s'essuyait les cheveux avec la grande serviette. D'un signe de tête, il attira son attention sur les hommes qui la regardaient.

— Je les ai vus, dit-elle.

— Mais avez-vous vu leurs bottes ?

— Bien sûr, c'est ce que j'ai remarqué en premier.

— Ça veut dire qu'il y a des serpents à sonnettes, non ?

— Vous croyez ?

Elle s'enveloppa dans la serviette.

— Dans l'Ouest, tout le monde porte des bottes aux genoux, dit Jack. Peut-être que vous feriez mieux de ne pas vous promener les pieds nus.

La fille mit une robe et ses « running shoes ». Ils prirent avec eux le chat, comme d'habitude, ainsi qu'un thermos d'eau froide et un sac de biscuits, et ils partirent à pied vers le sommet de la colline que les émigrants avaient eu tant de mal à descendre.

Le nom de la colline était Windlass Hill, et un sentier en lacet, pavé en asphalte, avec des bancs pour se reposer, permettait de la gravir. Au sommet, ils aperçurent les ornières que les chariots des émigrants avaient laissées derrière eux : creusées dans le roc, érodées par les pluies, elles étaient étonnamment profondes et d'une couleur jaune, presque dorée, la couleur du papier jauni par le soleil.

Ils restèrent muets. Ils avaient le sentiment d'être indiscrets. Déplacés. (Une vieille maison où des personnes âgées parlaient à voix basse et se comprenaient entre elles par des gestes secrets.)

En redescendant, ils firent un détour par un vieux cimetière et, lorsqu'ils s'approchèrent, ils virent une pierre tombale qui avait été mise sous verre ; l'épitaphe se lisait comme suit :

JUNE 18, 1849
RACHEL
PATTISON
AGED 19

Elle s'appelait Rachel. Elle avait 19 ans et elle était morte. Probablement du choléra. C'est ce qu'on disait dans *The Oregon Trail Revisited*. On disait aussi que 30 000 émigrants étaient morts le long de la Piste de l'Oregon et que ce nombre correspondait à un dixième des personnes qui avaient tenté leur chance. Au sujet de ces 30 000 personnes, le livre disait : « They didn't make it. » Ces émigrants — des hommes et des femmes, des vieux et des jeunes et des enfants — ne s'étaient pas rendus à destination. Ils étaient morts en route avec leurs rêves. Ils étaient morts de toutes sortes de façons : victimes du choléra ou de la dysenterie ; noyés en traversant une rivière en crue ; frappés par la foudre ; tués par les Indiens ; blessés mortellement en maniant une arme à feu ; morts de fatigue, d'épuisement, des suites d'une insolation ; dévorés par un ours grizzly ; jeunes enfants, ils étaient tombés du chariot et avaient été broyés sous les roues.

D'une façon ou d'une autre, ils n'avaient pas tenu le coup et leurs os blanchis reposaient quelque part au bord de la piste. On leur avait fait une pierre tombale avec une inscription, ou encore une croix ou un monticule de pierres, ou bien on les avait ensevelis dans une fosse anonyme.

Mais il arrivait que les tombes fussent violées par les Indiens ou par les loups. Alors les émigrants, pour éviter cette profanation, enterraient parfois les morts en plein milieu de la piste, en avant de la caravane, et tous les chariots passaient sur la tombe l'un après l'autre afin que les roues fassent disparaître les traces de l'ensevelissement.

20

LA FEMME DU « BULL RIDER »

C'était une grande femme, blonde avec les cheveux longs et les yeux verts ; elle devait mesurer un mètre quatre-vingt-deux.

Ses épaules étaient larges.

Elle avait un visage ouvert et chaleureux, et elle donnait des renseignements aux touristes dans une maison mobile située sur une route de terre qui menait à Chimney Rock.

Chimney Rock était une formation rocheuse qui faisait penser à une cheminée. Certains émigrants disaient qu'elle avait l'air d'un entonnoir renversé, mais la plupart lui trouvaient une ressemblance avec une cheminée d'usine ou la cheminée d'une maison détruite par un incendie. Voici de quoi elle avait l'air :

Elle avait 150 mètres de hauteur et on la voyait de très loin dans la plaine. Elle constituait un point de repère. Quand ils apercevaient la longue et mince cheminée de pierre dans le lointain, les émigrants

savaient qu'ils allaient bientôt affronter les montagnes
Rocheuses. Et, en effet, les jours où le temps était clair,
ils pouvaient distinguer à l'horizon les premiers contre-
forts des Rocheuses, les monts Laramie.

Toute la journée, la Grande Sauterelle avait eu le
pressentiment qu'il allait se passer quelque chose de

spécial. Elle ne savait pas quoi au juste, mais il fallait s'attendre à une chose importante. Lorsqu'ils arrivèrent à la maison mobile, la grande femme les salua à la manière des gens du Texas.

— Howdy! fit-elle, et elle leur serra la main avec cordialité; ils avaient l'impression d'être de vieux amis.

— How do you do? firent-ils d'une seule voix.

La femme regardait Jack avec un intérêt particulier.

— We've met before, haven't we? demanda-t-elle.

— Yes. No! dit-il.

Il était très énervé. Elle avait un visage comme celui de Melina Mercouri, un visage rond comme la pleine lune et tout éclairé par la lumière chaleureuse des yeux verts. Elle le regardait comme si elle reconnaissait quelqu'un en lui ou à travers lui. Elle ne savait pas un mot de français. Il essaya de dire qu'ils venaient du Québec et tout ça, mais son anglais était encore plus infantile que d'habitude et finalement la Grande Sauterelle lui prit le bras en expliquant à la femme qu'ils allaient jeter un coup d'œil à Chimney Rock et qu'ils seraient de retour dans quelques minutes.

— We'll be back in a few minutes, dit-elle avec son accent invraisemblable.

— Sure, dit la femme. Take your time.

La fille se mit au volant et conduisit le Volks au bout de la route de terre où ils passèrent un moment à contempler la colonne rocheuse; elle était entourée d'une clôture sur laquelle était placardé un avis: les visiteurs qui pénétraient dans l'enceinte pour s'approcher de la cheminée le faisaient à leurs risques, car il y avait des serpents à sonnettes.

— Vous savez, dit la fille, quand je disais que j'avais un pressentiment...

— Oui...

— Eh bien, je racontais des histoires : c'était pas du tout un pressentiment.

— Ah non ?

— Non. C'était même une chose que je savais depuis un bout de temps. Depuis Kansas City, pour être exacte. Et je ne vous en avais pas parlé.

— Ça ne me paraît pas très clair, dit l'homme.

— Je vais vous expliquer, dit-elle. Vous vous souvenez du journaliste que j'ai connu à Saint Louis et que nous avons rencontré à Independence, en banlieue de Kansas City ? Eh bien, juste avant qu'on s'en aille, il m'a dit une chose très étonnante. Il a dit que si on décidait d'aller sur la Piste de l'Oregon, vous et moi, il fallait qu'on s'arrête à Chimney Rock et qu'on parle avec la préposée aux renseignements. Il a dit que c'était la femme d'un *bull rider*, qu'elle était très spéciale et que si Théo était passé par là et s'il était le genre d'homme que l'on imaginait, cette femme se souviendrait de lui.

— C'est assez étonnant, en effet !... Au bout de vingt ans ?

— Pas forcément vingt ans. Il se peut que Théo ait passé quelques années en prison après l'histoire du musée. Supposons que le vieux gardien soit mort, par exemple. En tout cas, c'est ce que le journaliste disait.

— Pourquoi ne m'en avez-vous pas parlé ?

— Vous n'étiez pas en forme... Le complexe du scaphandrier, vous vous souvenez ?

— Oui, dit Jack. Je comprends.

Il enleva ses lunettes de soleil, souffla sur les verres et essuya la buée avec le revers de son T-shirt.

— Avez-vous vu la cheminée? fit-il ensuite. On dirait que le haut est brisé.

— Elle est faite en argile et en grès, dit la fille. Avec le vent et la pluie, elle se désagrège un peu chaque jour. De temps en temps, il paraît que des morceaux de roc se détachent et roulent dans la plaine.

— Ça me fait penser à un grand phallus ébréché, dit l'homme.

Ils descendirent du Volkswagen pour marcher un peu. Le chat noir sortit avec eux, passa sous la clôture et prit un sentier plutôt sinueux qui menait au pied de la colonne rocheuse.

— J'espère qu'il ne va pas se faire bouffer par les serpents à sonnettes, dit la fille. Pauvre petit minou!

— Il commence à grandir, dit l'homme. Il n'est plus capable de dormir dans le coffre à gants, avez-vous remarqué?

— Non.

— Vous savez, je crois que j'ai changé, moi aussi, dit-il. Ce que vous avez dit au sujet de mon frère, ça ne me touche pas comme avant. Je veux dire: ça me touche, mais ça ne me démolit pas.

— C'est vrai?

— Non, dit-il en soupirant. C'est pas vrai, mais j'ai l'impression... je ne sais pas... peut-être que ça s'en vient tout doucement.

— Avez-vous vu comment la femme vous regardait? demanda-t-elle.

— Oui, ça me faisait un drôle d'effet. Elle avait l'air de me reconnaître et de chercher... mais je suppose maintenant qu'elle reconnaissait certains traits de mon frère Théo.

— Mais vous n'avez pas dit que vous étiez très différents, Théo et vous ?

— Oui, il est plus grand et ses cheveux sont noirs au lieu d'être bruns, et des fois il porte la barbe. Mais on se ressemble tout de même un peu. On a un air de famille.

— Donc le journaliste avait raison ?

L'homme ne répondit pas. La seule façon de le savoir était de retourner voir la femme du *bull rider*. La fille siffla son chat et ils revinrent au Volks.

— Promettez-moi une chose, dit l'homme, ne me laissez pas tout seul avec elle. Quand elle me regarde avec ses grands yeux verts et sa belle figure ronde et pleine de lumière, je ne sais plus quoi faire, je me sens les jambes comme de la guenille et j'ai l'impression que je ne pourrai pas dire un mot.

Le chat noir s'amena à toute vitesse et ils retournèrent à la maison mobile. Ils furent accueillis avec autant de chaleur que la première fois. Jack prononça une phrase en anglais et c'était évident qu'il l'avait construite à l'avance dans sa tête :

— You were looking at me and suddenly I got very excited...

— Oh! Is that so? fit la femme avec son grand sourire.

— Yes. Maybe it was because you're so big... I mean tall and beautiful, but maybe it was because I had a *special feeling*.

— A *special feeling* ? reprit-elle.

— Yes, madam. The feeling that you recognized me, dit-il en trébuchant sur le terrible mot « recognized ».

— I *did* recognize you.

— Thank you! I'm very happy!

— So, we have met before, conclut-elle.

— Yes, but it wasn't me, dit Jack. It was my brother Théo.

— Théo ?

Elle répéta le nom plusieurs fois. Ses yeux étaient perdus dans le lointain. Et tout à coup elle dit :

— Oh yes... oh yes !

Elle se rappelait. C'était a long time ago mais elle se rappelait très bien. Une lumière vive se répandait sur son visage à mesure que revenaient les souvenirs. Elle disait que Théo était peut-être a little rough around the edges mais lorsqu'elle en parlait, il y avait une telle chaleur dans sa voix et une telle lumière sur son visage que le frère de Jack était comme absous, lavé de toutes les accusations et de tous les soupçons dont il avait été l'objet depuis le début du voyage.

La femme se tut et, comme Jack semblait ne pas trop savoir quoi dire, la Grande Sauterelle intervint :

—- So, your husband is a bull rider ? demanda-t-elle.

— Yes my dear, dit la femme. He's in Denver and next week he'll be in Cheyenne. He's always travelling to catch a rodeo. Sometimes he goes as far as Calgary. But when he's not too far, he drops in to help me with the rattlesnakes.

Comme tous les cow-boys de rodéo, son mari ne recevait aucun salaire, aucune allocation de déplacement et il devait même payer ses inscriptions ; il ne touchait une somme d'argent que s'il remportait une victoire dans un rodéo. C'est pourquoi il venait occasionnellement travailler à Chimney Rock où il s'occupait d'éliminer les serpents à sonnettes qui infestaient les alentours de la colonne de pierre.

La femme expliqua deux ou trois choses à propos des serpents à sonnettes. D'abord, ils ne mordaient pas les gens comme ça pour le plaisir. Ils mordaient pour se défendre si on leur marchait dessus par inadvertance pendant qu'ils se chauffaient au soleil ou qu'ils étaient endormis à l'ombre dans une anfractuosité de rocher. Et si on se faisait mordre, le mieux c'était de mettre un morceau de glace sur la blessure, pour ralentir la circulation sanguine, et d'aller voir un médecin sans s'énerver. Ce qu'il fallait surtout éviter, si on ne voulait pas se faire engueuler par le médecin, c'était d'agrandir la blessure avec un couteau de chasse et de sucer le venin pour le recracher comme dans les westerns ; les médecins trouvaient que le venin faisait suffisamment de dégâts dans l'organisme sans qu'ils soient obligés, en plus, de réparer les dommages causés aux nerfs, aux veines et aux muscles par un couteau de chasse.

La Grande Sauterelle demanda à la femme comment son mari s'y prenait pour éliminer les serpents à sonnettes.

— How do you kill a rattlesnake ? With a gun ? demanda-t-elle.

— With a spade, dit la femme. You just chop their heads off.

La fille grimaça et changea de sujet.

— And Théo, fit-elle, how was he ?

— Just fine, dit la femme.

— In good shape ?

— Terrific shape !

— How long... (elle s'étrangla, toussa, regarda Jack par en dessous)... how long did he spend here ?

— A few days, honey.

— And where was he going when he decided to leave ?

— He was heading west, but...

La femme avait eu l'impression que Théo fuyait quelque chose. En plus, il ne savait pas très bien s'il allait se rendre en Oregon ou en Californie. De l'autre côté des Rocheuses, sur la Piste de l'Oregon, il y avait un embranchement : à gauche on allait en Californie, à droite on continuait en Oregon. Et Théo n'avait pas encore décidé de quel côté il allait se diriger... L'embranchement se trouvait en Idaho, le long de la rivière Snake, près d'un endroit appelé Fort Hall.

Lorsqu'ils manifestèrent le désir de prendre congé, la femme du *bull rider* leur tendit le bras et ils se blottirent contre elle. Ils restèrent plusieurs minutes dans ses bras, heureux comme des enfants d'être enveloppés dans la merveilleuse chaleur de cette femme.

Sur la route de terre qu'ils devaient suivre pour retrouver la 26, ils se retournèrent pour jeter un dernier regard à Chimney Rock. Plus tard, en fouillant dans ses livres parce qu'elle se souvenait vaguement d'une phrase qu'elle avait lue quelque part, la fille retrouva les mots suivants dans une nouvelle de Carson McCullers :

Sa propre vie lui apparut dérisoire, solitaire, fragile colonne dressée parmi les décombres des années perdues.

C'était dans une nouvelle qui s'appelait *Celui qui passe.*

21

LE SHÉRIF WATERMAN

Une petite heure de route et ils arrivèrent à Scott's Bluff.

C'était une impressionnante falaise qui, de loin, ressemblait à une forteresse avec des tours et des parapets ; au sommet, les visiteurs avaient une belle vue sur la vallée de la rivière Platte et sur le col de Mitchell que les émigrants empruntaient dans leur marche vers les Rocheuses. Cependant, Jack et la fille s'intéressaient plutôt au musée qui se trouvait au pied de la falaise.

Dans le hall du musée, il y avait un registre posé sur un lutrin. Jack inscrivit son nom et son adresse. La Grande Sauterelle s'inscrivit sous le nom de Pitsémine. Ensuite ils s'approchèrent du comptoir d'accueil et demandèrent à voir les vieux registres.

La préposée aux renseignements était une très jeune fille aux cheveux roux, le visage couvert de taches de rousseur, avec deux courtes tresses horizontales comme celles de Fifi Brindacier.

Elle leur demanda s'ils avaient une autorisation du National Park Service.

— We don't need that, dit la Grande Sauterelle.

— No ? fit la jeune fille.

— No. This man here is Sheriff Waterman, dit-elle en baissant la voix.

La jeune fille eut un sourire complice qui dévoila un appareil orthopédique servant à redresser les dents.

— Top secret ? fit-elle dans un souffle.

La Grande Sauterelle hocha affirmativement la tête.

Jack s'éloigna d'un pas et fit semblant de consulter une brochure sur l'histoire de Scott's Bluff. Les filles se parlaient avec des rires étouffés.

— I don't see any badge on his shirt, dit la jeune fille.

— It's *invisible,* chuchota la Grande Sauterelle. Now they make them invisible for security reasons. Understand ? In the old days, with a badge you were a *cible* for everybody. A *cible*... how do you say that ?

— A target ?

— Yes !

Le jeune fille ouvrit un classeur, sortit une pile de vieux registres et les posa sur le comptoir. Elle demanda si l'homme recherché par le shérif Waterman était un « dangerous outlaw ».

— Very dangerous, dit la Grande Sauterelle.

— A killer ?

— Chut !

— CHU-U-UT !

La Grande Sauterelle ouvrit le premier registre et Jack s'approcha pour regarder par-dessus son épaule.

Même si les registres ne couvraient que les mois de mai à septembre, c'était un gros travail que de scruter la liste des noms. La fille examinait la page de gauche et l'homme, celle de droite. Ils vérifièrent tous les registres, mais le nom de Théo n'était pas là.

Déçus et fatigués, ils eurent envie d'aller dehors.

Ils demandèrent à la jeune fille de leur indiquer où se trouvaient les ornières. Scott's Bluff était un endroit réputé pour la profondeur des ornières laissées par les chariots des émigrants. Dans le col de Mitchell, où la piste devenait très étroite, les ornières creusées dans le sol friable atteignaient parfois un mètre de profondeur. La jeune fille sortit du musée avec eux et leur montra du doigt un chariot abandonné dans la plaine. Ils pouvaient partir de là et marcher dans les ornières sur une distance de deux à trois kilomètres.

— Have a nice day! dit-elle en les quittant.

Ils furent heureux de constater que le chariot n'était pas une réplique, mais un authentique « schooner de la prairie », comme disaient les émigrants. Fait de bois franc, il semblait à la fois léger et robuste. Il avait même une certaine élégance. Et quand on le regardait de l'arrière, il avait une drôle d'allure avec ses roues un peu arquées comme les jambes d'un vieux cow-boy et sa bâche de toile qui faisait penser à un bonnet de vieille femme :

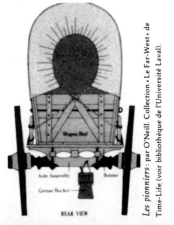

Les pionniers: par O'Neill. Collection « Le Far-West » de Time-Life (voir bibliothèque de l'Université Laval).

Ils se mirent à marcher dans les ornières qui partaient du chariot et se dirigeaient vers les montagnes. Au bout de quelques minutes, ils cessèrent d'entendre les bruits de la circulation sur la 26. Il faisait chaud, mais il y avait un peu de vent. C'était une belle journée. À peine trois ou quatre nuages très haut dans le ciel.

L'homme et la fille marchaient côte à côte et presque en silence. Quand ils avaient quelque chose à dire, ils parlaient à voix basse. Comme dans une église, un cimetière, un lieu sacré. Très profondes au début, les ornières devenaient moins spectaculaires à mesure qu'ils avançaient ; au bout d'une demi-heure de marche, elles n'étaient presque plus visibles car le sol était dur.

Jack s'arrêta un moment.

— Ici, c'est comme la piste de Théo, dit-il. C'est une chose qui n'existe presque pas.

— C'est vrai, dit la fille : une carte postale bizarre, un dossier de police, un article dans un vieux journal...

— ... et une traînée de lumière sur un visage de femme, dit-il pour compléter.

22

LA MITRAILLEUSE GATLING

— Adieu Nebraska! Adieu les grandes prairies! s'écria la fille lorsqu'ils entrèrent dans le Wyoming.

Jack lui demanda s'ils étaient encore loin de Fort Hall.

— Assez loin, dit-elle. De toute façon, c'est pas notre prochain arrêt...

— Ah non? fit-il.

— Non. Il faut que je fasse une petite visite à Fort Laramie.

— Mais... c'est un fort de l'armée! Je croyais que vous aviez horreur des militaires!

La Grande Sauterelle avait affirmé plusieurs fois qu'elle détestait les militaires. Elle avait dit que, parmi les effectifs militaires, le groupe qu'elle détestait le plus était la cavalerie américaine. Elle nourrissait une haine spéciale contre la cavalerie américaine et contre le 7e régiment en particulier; le 7e régiment de la cavalerie américaine était sans nul doute le groupe de militaires qu'elle détestait le plus au monde.

Ses yeux étaient noirs comme le poêle et lançaient des éclairs lorsqu'elle parlait des généraux Sherman, Custer et Sheridan.

— C'est vrai, admit-elle, mais le fort Laramie était autrefois un poste de traite. Il appartenait à l'American Fur Company. Et il a été baptisé du nom d'un trappeur français, Jacques Laramée, qui avait établi son camp dans les environs en 1818. D'ailleurs, tout ce territoire et peut-être même tout l'Ouest américain, à cette époque, était inondé de Canadiens français qui couraient les bois, chassaient les animaux à fourrure et servaient de guides aux explorateurs. Ils vivaient avec des Indiennes et souvent ils avaient eux-mêmes du sang indien.

Une autre raison l'incitait à s'arrêter à Fort Laramie : en 1854, les soldats du fort avaient massacré des Indiens qui avaient volé une vache à un émigrant. Jack ne prit pas garde à cette dernière observation. C'est seulement une demi-heure plus tard qu'il se rendit compte de son erreur. Ils visitaient chacun de leur côté les différentes salles du fort, qui avait été transformé en musée, lorsqu'il entendit une sorte de hurlement. Comme un grand cri de désespoir.

Le cri venait d'une salle qu'il s'apprêtait à visiter. Il ne reconnut pas tout de suite la voix de la Grande Sauterelle, mais tout à coup le cri fut suivi d'une exclamation familière :

— White men, big shitters !

Il se précipita dans la salle.

Rouge de colère, la fille pointait du doigt une mitrailleuse. C'était une Gatling, une sorte d'ancêtre de la mitrailleuse, avec une culasse fixe et plusieurs tubes accolés les uns aux autres qui faisaient office de canon et obéissaient à un mouvement de rotation.

Cinq ou six personnes, dont une vieille dame très digne escortée de deux petites filles, s'étaient approchées pour essayer de comprendre ce qui se passait. Poings sur les hanches, jambes écartées, la Grande Sauterelle faisait face à la mitrailleuse. Elle fulminait.

— WHAT THE HELL IS THAT ? cria-t-elle.

Un *ranger* s'avança et rompit le cercle que les gens faisaient autour d'elle. C'était un jeune homme blond avec de petites lunettes rondes et une barbe en collier. Il avait l'air très doux. Il ne comprenait visiblement rien à ce qui se passait. La fille poussait toutes sortes de cris et de jurons, moitié en anglais, moitié en français.

— ESPÈCE DE ZOUAVE !

— Beg your pardon ? fit le jeune homme.

— YOU SHOOT INDIANS WITH THAT TABAR-NAK DE MACHINE GUN ?

Il regarda la mitrailleuse, mais il n'eut pas l'air de comprendre.

— Shoot Indians ? répéta-t-il.

— YES, STUPID ! YOU SEE THIS MACHINE GUN ?

— Yes...

— I WANT TO KNOW IF IT WAS USED TO SHOOT INDIANS ! UNDERSTAND ?

— Oh ! I see your point.

Les deux petites filles se serraient contre les hanches de la vieille dame. Tout le monde retenait son souffle.

— Well, I don't think so, répondit enfin le *ranger*.

— WHAT DO YOU MEAN, YOU DON'T THINK SO ? hurla la Grande Sauterelle au comble de l'exaspé-ration.

— Please come this way, dit-il.

Le *ranger* entraîna la Grande Sauterelle à l'autre bout de la salle. Les touristes leur emboîtèrent le pas en devisant comme s'il s'agissait d'une visite guidée. La vieille dame demanda à Jack si « the young girl » était une Indienne et il répondit qu'il n'en savait rien et que c'était la première fois qu'il la voyait de toute sa vie. Le *ranger* tira une clef de sa poche et déverrouilla une armoire vitrée d'où il sortit un carnet en cuir noir. C'était le journal du commandant du fort.

Devant son auditoire silencieux, le *ranger* tourna avec précaution les pages du carnet, puis il se mit à lire un extrait. Le commandant avait consigné dans son journal une dépêche qu'il avait envoyée aux autorités de Washington pour se plaindre de ce que la Gatling était constamment enrayée à cause de la poudre noire des munitions, ce qui la rendait tout à fait inefficace.

À mesure que le *ranger* donnait la lecture de la dépêche du commandant, le visage de la Grande Sauterelle s'éclaircissait, un sourire naissait au coin de ses lèvres et, finalement, elle se mit à rire et les touristes firent de même. Il y eut quelques applaudissements.

La fille serra vigoureusement la main du jeune *ranger*. Elle lui donna même quelques tapes amicales dans le dos et elle déclara avec son accent inimitable :

— This machine gun — I like it very much !

La tempête était passée.

C'était l'heure du lunch et ils avalèrent des sandwiches avant de reprendre la route. La Grande Sauterelle donna un peu de lait au chat. Jack se mit au volant. La fille parlait peu et semblait très calme. Au cours de l'après-midi, toutefois, il y eut un orage soudain. Elle raconta ce qui s'était passé à Sand Creek.

— En novembre 1864, dit-elle, un chef des Cheyennes, Black Kettle, accepte de faire la paix avec les

Blancs et il amène les siens et un petit groupe d'Arapahos
à Sand Creek. C'est un ruisseau qui se trouve à
70 kilomètres du fort Lyon, dans le Colorado. À l'aube
du 29 novembre, un groupe de six à sept cents militaires
à cheval, qui ont quitté le fort pendant la nuit et se sont
abreuvés de whisky pour se réchauffer, se lancent à
l'assaut du campement indien. Ils sont dirigés par le
colonel Chivington qui leur a donné l'ordre suivant :
« Tuez-les et scalpez-les tous, petits et grands. » Il y a
500 Indiens et la plupart sont des femmes et des
enfants. Le chef Black Kettle hisse un drapeau américain
qui lui a été donné par le président Lincoln. Il voit que
les soldats poursuivent leur attaque, alors il hisse
également un drapeau blanc. Mais les soldats de Chivington continuent de tirer et ils tirent sur tout le
monde. Ils tirent sur les femmes et sur les enfants. Ils
tirent avec des fusils, des pistolets et des canons. Une
quarantaine de femmes se réfugient dans une grotte.
En signe de paix, elles envoient une fillette de six ans
avec un drapeau blanc, mais les soldats tirent sur la
petite fille aussitôt qu'ils la voient ; ensuite ils délogent
les femmes, ils les tuent et les scalpent. Ils attrapent des
enfants et leur fracassent le crâne sur des troncs
d'arbres. Une femme est enceinte, alors ils la tuent,
l'éventrent et posent le fœtus par terre à côté d'elle.
Lorsque le massacre prend fin, une centaine de femmes
et d'enfants ont été tués, et aussi 25 hommes. Les
cadavres ont été scalpés et parfois taillés en pièces. Le
chef Black Kettle est parvenu à s'enfuir et sa femme
n'est pas morte en dépit des neuf balles qu'elle a reçues.
Voilà ce qui est arrivé à Sand Creek.

   La Grande Sauterelle fit un effort pour retrouver
son calme.

   Elle avait parlé avec une sorte de violence contenue.
Elle avait une excellente mémoire et elle se rappelait les
chiffres et les dates.

L'orage était passé et Jack respira. Il regardait devant lui sans rien dire. La route s'élevait graduellement. Les Rocheuses étaient tout près.

Ils s'arrêtèrent pour manger vers six heures. Après le repas, il y eut un autre orage — plus bref, celui-là. La fille parla de Washita.

— Avec 700 hommes, dit-elle, le général Custer encercle pendant la nuit un village de Cheyennes qui campent sur les bords de la rivière Washita. C'est en novembre 1868. À l'aube, les hommes de Custer, qui forment le 7e régiment de la cavalerie américaine, se lancent à l'attaque au son des clairons. Ils viennent de tous les côtés à la fois et, en quelques minutes, ils massacrent une centaine d'hommes, de femmes et d'enfants. Parmi les morts se trouvent le chef Black Kettle et sa femme. Cette fois, ils n'ont pas eu de chance. Pourtant, le vieux Black Kettle avait compris que les Indiens n'étaient pas de taille à lutter contre les Blancs et il s'était efforcé de convaincre les autres chefs qu'il fallait rechercher la paix. Voilà, c'est tout.

La Grande Sauterelle se leva et alla faire une promenade dans le parc. Ils campaient dans un parc de la municipalité de Douglas. C'était la première fois qu'ils s'installaient dans un parc municipal ; il n'y avait pas de douches, mais le parc était vaste avec beaucoup de verdure et l'admission était gratuite.

Jack profita de l'accalmie pour faire du café et lire un chapitre de leur livre, *The Oregon Trail Revisited*. Il lisait avec une attention spéciale les journaux des émigrants. Peu à peu, il en était venu à considérer ces émigrants comme de vieux amis, et maintenant il connaissait le caractère et les habitudes de chacun d'eux ; ses préférés étaient le jeune Jesse Applegate, le peintre Alfred Jacob Miller, la courageuse Narcissa Whitman, le dilettante Francis Parkman et son guide Henri Chatillon, le vieux Ezra Meeker et le poète William Kelly.

Au retour de sa promenade, la fille s'assit à la table en face de lui et il regarda son visage : les cheveux noirs comme du charbon, les yeux de la même couleur et légèrement bridés, les pommettes saillantes qui accentuaient la maigreur des joues. Sur ce visage maigre, émouvant et beau, il vit passer une ombre fugitive.

Refermant son livre, il dit à la fille qu'elle pouvait y aller si elle avait encore quelque chose à raconter. Elle se mit à parler de Wounded Knee.

— En décembre 1890, dit-elle, Sitting Bull est assassiné et les Sioux abandonnent la lutte armée. On les conduit au bord d'un ruisseau qui s'appelle Wounded Knee, où ils établissent leur campement pour la nuit. Des soldats encerclent les Indiens pour les surveiller ; ce sont les hommes du 7e régiment de cavalerie. Au matin, ils décident de désarmer les Indiens. Ils ont installé quatre mitrailleuses en batterie pour étouffer toute résistance. Soudain une bagarre éclate et un coup de feu est tiré par un Indien. En un instant, les soldats déchargent leurs fusils sur les guerriers sioux. Ensuite les quatre mitrailleuses font pleuvoir des balles sur les femmes et les enfants. Il y a en tout 180 morts. C'est le 29 décembre 1890. Le jour de l'an 1891, des fossoyeurs arrivent à Wounded Knee et creusent une fosse commune pour y jeter les cadavres qui étaient restés étendus dans la neige ; ils trouvent quatre bébés qui respirent encore, enveloppés dans le châle de leur mère. C'est la fin des guerres indiennes. Après le massacre de Wounded Knee, les Indiens ne feront plus la guerre à l'armée des États-Unis. Voilà, c'est tout.

L'obscurité avait envahi le parc municipal.

Jack attendit plusieurs minutes ; il voulait être sûr qu'elle avait bien terminé et que l'orage était passé. Ensuite il alluma une lampe et prépara une tasse de café qu'il plaça sur la table, devant la fille, avec le pot de sucre et le demi-litre de lait.

— Merci, dit-elle. Est-ce qu'il est tard ?

— Pas tellement, dit-il.

Elle but son café à petites gorgées prudentes.

Elle avait encore quelque chose à raconter, mais ce fut très bref. Elle voulait simplement dire que les Indiens aussi s'étaient rendus coupables de massacres. Et tout cela avait commencé lorsqu'en 1849, la découverte de gisements d'or en Californie avait amené sur la Piste de l'Oregon des centaines de milliers d'aventuriers de toutes sortes qui, au contraire des premiers émigrants, n'avaient de respect pour rien ni personne, détruisaient tout sur leur passage et provoquaient la colère des Indiens.

23

LE CHAMPION

Début de juillet.

C'est Jack qui était au volant lorsqu'ils parvinrent aux Rocheuses. L'énorme barrière de granit, avec ses crêtes blanches et grises, s'était rapprochée d'eux chaque jour et maintenant c'était l'escalade. « Prends ton temps », disait-il au vieux Volks qui peinait dans les interminables montées, et il rétrogradait souvent en deuxième vitesse et parfois en première afin de ménager le petit moteur de 1600 cc.

L'homme devint inquiet.

— On a trop de livres, dit-il. C'est beaucoup trop lourd dans les côtes. J'aurais pas dû apporter mes gros dictionnaires.

— Voulez-vous qu'on fasse comme les émigrants ? demanda la fille. Quand ils arrivaient aux Rocheuses, ils se débarrassaient de tous les objets qui alourdissaient les chariots. C'était souvent des choses qu'ils aimaient beaucoup, mais ils étaient obligés de les abandonner parmi les roches et les touffes de sauge. Alors la Piste de l'Oregon était jonchée de toutes sortes d'objets, comme des meubles en chêne, des horloges grand-père et des instruments de musique.

— C'était ridicule d'apporter les dictionnaires, dit-il. Je n'ai pas écrit une seule ligne depuis qu'on est partis. Espérons que le moteur va tenir le coup.

La fille lisait leur fameux livre. Elle dit qu'il y avait un nombre incroyable de tombes dans cette section de la piste. Elle ne savait pas si c'était à cause d'une épidémie ou parce que le terrain était plus accidenté, mais il y avait des tombes un peu partout au bord de la piste. Elle disait : « Tiens, il y a une tombe par ici »... « Tiens, encore une autre », et parfois elle citait des noms : Mary Homsley, 28 ans, Lucindy Rollins, 1849, Joel Hembree, 9 ans, Ada Magill, 6 ans, et une Indienne de 17 ans qui s'appelait Mini-Aku ou « Fallen Leaf ».

Tout à coup elle cria quelque chose :

— ... perdu... rivière Platte !

Jack donna un vigoureux coup de frein. Les pneus crissèrent sur l'asphalte et le minibus se mit en travers de la route. La boîte qui contenait l'épicerie tomba de la banquette arrière et se renversa, et les oranges roulèrent dans l'allée entre les deux sièges. Le chat noir, qui dormait dans l'évier de la cuisine, se ramassa sur les genoux de la Grande Sauterelle.

L'homme rangea le Volks au bord de la route.

— Êtes-vous fou ? protesta la fille. On aurait pu se casser la gueule !

— Excusez-moi. Vous avez crié... J'ai compris qu'on avait perdu quelque chose. En toute franchise, j'ai même compris qu'on avait perdu quelque chose dans la rivière Platte !

— C'est ma faute, dit-elle. J'ai crié parce que... avec toutes ces tombes dont il était question dans mon livre, je me sentais un peu perdue, alors j'ai jeté un coup d'œil vers la rivière pour chercher du réconfort : c'est une rivière que j'aime beaucoup et c'était rassurant de l'apercevoir tous les jours... Mais elle n'était plus là ! Alors j'ai crié : « On a perdu la rivière Platte ! » C'est ridicule, excusez-moi.

— Je l'aimais beaucoup, mois aussi, dit-il. Je lui avais même donné un surnom. Je l'appelais « la grande rivière au cœur double », à cause d'une nouvelle de Hemingway.

— C'est un beau nom.

— Merci. Est-ce que les émigrants n'arrivaient pas tout de suite à une autre rivière ?

— Oui, ils marchaient quelques heures et ils arrivaient à la rivière Sweetwater. Ils disaient que l'eau était douce...

Elle toussa deux ou trois fois et poursuivit :

— Vous êtes très doux, vous aussi. Vous auriez pu vous fâcher tout à l'heure quand j'ai crié pour rien, mais non : vous êtes très patient et vous ne vous fâchez jamais.

— Je l'ai déjà dit : je ne suis pas un *vrai* doux, dit-il tristement et il se mit à genoux pour ramasser les oranges ; ensuite il remit le moteur en marche et démarra.

Il avait une théorie concernant les doux. D'après lui, il fallait distinguer entre les faux doux et les vrais doux. Les faux doux étaient des gens faibles ou peureux ; ils avaient du mal à vivre et ils étaient incapables de se montrer agressifs. Les vrais doux étaient ceux qui avaient confiance en eux-mêmes ; ils ne se sentaient pas menacés et ils n'éprouvaient pas le besoin d'être agressifs. Il se rangeait dans la première catégorie.

— Que vous soyez un vrai doux ou un faux, je vous aime bien, dit la fille pendant qu'il reprenait la route et accélérait.

Lorsqu'ils arrivèrent à Casper, ils quittèrent la 26. Comme la Piste de l'Orégon obliquait au sud-ouest, ils suivirent la 220 qui allait dans cette direction. Ils avaient atteint une altitude de 1500 mètres et la route montait toujours. Attentif aux bruits du moteur et de la transmission, l'homme conduisait avec la plus grande prudence ; ses muscles tendus lui faisaient mal aux épaules et derrière le cou.

Quelques kilomètres après la localité d'Alcova, ils atteignirent la rivière Sweetwater.

Ils firent halte auprès d'un immense rocher. Beaucoup d'émigrants s'étaient arrêtés pour graver leur nom et la date de leur passage sur ses parois ròcheuses. Le père DeSmet, un jésuite, l'avait appelé « le registre du désert ». La Grande Sauterelle avait une idée... Jack trouvait que c'était complètement ridicule, mais elle voulait aller voir si Théo n'avait pas inscrit son nom sur le rocher. Elle admettait que Théo avait étudié l'histoire et qu'un historien ne pouvait avoir commis un tel acte de vandalisme ; elle admettait tout ce que Jack disait, mais elle voulait quand même aller voir.

Jack protestait encore au moment où, laissant le Volks dans le parking situé du côté nord, ils s'approchaient de la clôture Stelco, haute de trois mètres, qui bloquait l'accès au rocher ; le National Park Service avait érigé cette clôture parce que des touristes « foolish and unscrupulous » avaient inscrit leur nom avec ceux des émigrants.

— Théo n'aurait pas fait ça, dit l'homme.

— Bien sûr que non, dit-elle.

Mais ils avaient déjà le nez dans le treillis de la clôture et ils cherchaient à déchiffrer les noms et les dates à moitié effacés par le temps.

La plupart des inscriptions étaient postérieures à 1850. Les noms étaient ceux des aventuriers qui s'en allaient chercher de l'or en Californie. Ils trouvèrent aussi des inscriptions datant des années 40 et, parmi les noms de ces émigrants qui se dirigeaient vers les terres fertiles de l'Oregon, ils reconnurent, le cœur battant, des hommes et des femmes qu'ils avaient appris à connaître par les extraits de leurs journaux et qu'ils en étaient venus à considérer pratiquement comme des amis et des compagnons de voyage.

Ils se déplacèrent lentement le long de la clôture. Lorsqu'ils arrivèrent à l'autre bout, la fille dut reconnaître que le nom de Théo n'était pas là.

Elle se mit à réfléchir.

— La Piste de l'Oregon passait du côté sud, dit-elle.

— Où allez-vous ? demanda-t-il, mais elle était déjà partie ; elle marchait d'un pas décidé et elle ne faisait même pas attention aux serpents à sonnettes.

La clôture aboutissait à la Sweetwater, et cette rivière, bien qu'elle fût étroite à cet endroit, constituait un obstacle suffisant pour empêcher les visiteurs de se rendre du côté sud. Sans se laisser décourager, la fille escalada la clôture et contourna le rocher. L'homme fit comme elle, mais plus lentement et en regardant où il mettait les pieds, car leur livre préféré disait : « Be most alert for rattlesnakes in the weeds at the base of the rock. »

Elle avait déjà examiné une bonne partie de la face sud quand il la rejoignit.

— Venez voir ! cria-t-elle.

Vu du côté sud, le rocher avait l'air d'une énorme carapace de tortue. La Grande Sauterelle était juchée sur la partie la plus élevée et l'homme aperçut, très loin au-dessus de sa tête, des vautours qui planaient dans le ciel. Mais il n'arrivait pas à voir ce qu'elle essayait de lui montrer à ses pieds.

— Qu'est-ce que c'est ? demanda-t-il.

— Venez ! dit-elle, sinon vous allez croire que je ne dis pas la vérité.

Il était midi et il faisait chaud. L'homme escalada le rocher en maugréant — la vérité, la vérité, qu'est-ce que c'est que la vérité ? — et lorsqu'il parvint au sommet, il vit, entre les pieds écartés de la fille, une inscription en lettres rouges :

THÉO. 75

La vérité était rouge comme une tache de sang.

Comme chaque fois qu'une chose importante se produisait, Jack resta muet. Il ne retrouva la parole que lorsqu'ils eurent regagné le Volks dans le parking.

— C'était écrit 75, dit-il. Rien ne prouve que c'est 1975. Ça pourrait aussi bien être 1875.

La Grande Sauterelle fit observer que l'inscription avait été faite à la peinture et que, selon toute vraisemblance, elle ne pouvait pas dater de cent ans, mais il ne voulait rien admettre.

— Ça pourrait être n'importe quel Théodore ou Théophile de 1875, dit-il.

— Pourquoi pas Théophile Gautier ? fit-elle ironiquement. Je me demande s'il était encore vivant en 1875. Attendez un peu...

Elle consulta le Petit Robert des noms propres.

— Il est mort en 1872, dit-elle. Je me suis trompée de trois ans.

Elle s'installa au volant et, ayant mis le Volks en marche, elle quitta le parking et reprit la 220. Jack examina les cartes pour voir à quelle distance ils se trouvaient de Fort Hall : c'était sur le versant ouest des Rocheuses et ils avaient encore un bout de chemin à faire.

La fille conduisait très bien dans les côtes. Elle n'avait pas besoin de regarder le compteur pour savoir à quel moment elle devait changer les vitesses ; elle écoutait simplement le bruit du moteur et ne se trompait jamais.

— Pourquoi pas Theodore Roosevelt ? reprit-elle.

— Hein ? fit-il.

— Regardez dans le Petit Robert...

Il marmonna que la plaisanterie était trop longue à son goût, mais il regarda quand même dans le dictionnaire : Teddy Roosevelt avait vécu de 1858 à 1919.

— Vous voyez ? dit la fille. D'ailleurs, il a fait plusieurs voyages dans l'Ouest. Il avait un ranch dans le Dakota ou quelque chose comme ça. Avant d'être président des États-Unis, il a été cow-boy...

Le visage de la fille était impénétrable et, comme d'habitude, l'homme fut incapable de voir si elle était sérieuse ou non. Ils se mirent à parler des cow-boys. Jack raconta que, pour lui et son frère Théo, lorsqu'ils étaient petits, le vrai cow-boy était celui qui poussait les portes d'un saloon et qui, par ce simple geste, provoquait un silence de mort parmi les gens qui se trouvaient là : le pianiste s'arrêtait de jouer, les filles grimpaient l'escalier menant à l'étage, les joueurs de poker devenaient immobiles comme des statues, le barman plongeait derrière son comptoir ; il restait cependant, accoudé au comptoir, un homme très grand et très maigre, vêtu de noir, qui buvait une bière comme si de rien n'était, le dos tourné à celui qui venait d'entrer.

Dans le saloon figé par la peur, tout le monde était au courant de l'histoire : il y avait de cela plusieurs années, le grand maigre vêtu de noir avait tué un homme et cet homme était le frère du cow-boy qui venait d'entrer dans le saloon.

Pendant toutes ces années, le cow-boy n'avait eu qu'une seule idée en tête : retrouver le meurtrier de son frère.

Il avait suivi sa trace de ville en ville, et maintenant l'heure de la vengeance était arrivée.

Les deux hommes allaient sortir ensemble dans la rue poussiéreuse et inondée de soleil ; ils allaient s'éloigner à cinquante pas l'un de l'autre, puis se retourner et demeurer un moment immobiles, face à face, les mains le long du corps...
....

Jack parla de son frère durant tout l'après-midi. Bien sûr, il s'arrêtait de temps en temps et il parlait d'autre chose, mais chaque fois il disait : « Ça me fait penser... » ou encore : « Un jour qu'on était à... », et il se mettait à raconter.

Il eut tôt fait de se rendre compte que les cabanes construites dans les arbres avec des bouts de bois et des branches de sapin, les radeaux faits avec des vieux billots, les lianes attachées à la plus grosse branche pour franchir des précipices ou des sables mouvants, ou encore des marécages grouillants de crocodiles, les jeux de cow-boys, de bandits ou de ballon-prisonnier, et même, lorsqu'ils jouaient au softball derrière l'église, le *home run* que son frère avait claqué dans le cimetière, il se rendit compte que tous ces exploits, de même que les frasques commises au pensionnat, le fait que son frère avait abandonné ses études pour travailler, qu'il avait été le premier à « sortir » avec une fille et qu'un jour il avait mis ses affaires dans un sac et avait quitté la famille, qu'il était entré dans la marine... tout cela ne tenait pas le coup, alors il en rajoutait : il disait que Théo s'était acheté une Harley Davidson, qu'il était capable de traverser le fleuve à la nage entre Québec et Lévis, qu'il avait passé deux ans avec les Inuit de Povungnituk dans le Grand Nord, qu'il avait fait un voyage sur le Transsibérien, qu'il avait conduit la Ford GT 40 de Bruce McLaren aux essais des 24 Heures du Mans... et peu à peu la silhouette de son frère grandissait et prenait place dans une galerie imaginaire où se trouvait une étrange collection de personnages, parmi lesquels on pouvait reconnaître Maurice Richard, Ernest Hemingway, Jim Clark, Louis Riel, Burt Lancaster, Kit Carson, La Vérendrye, Vincent Van Gogh, Davy Crockett...

Le soir venu, l'air frais des montagnes envahit le vieux Volks et Jack éprouva tout à coup un sentiment de tristesse contre lequel il était incapable de lutter.

Il prit le chat dans ses bras et le caressa longuement.

La fille lui demanda ce qui n'allait pas.

— Je suis un champion, moi aussi, dit-il d'un air chagrin. Je suis champion quand il s'agit de me réveiller en pleine nuit, de trouver mes vieilles pantoufles avec le bout de mes pieds, de me rendre à la cuisine dans l'obscurité la plus complète et de me préparer un chocolat chaud SANS MÊME ALLUMER LA LUMIÈRE DU POÊLE.

24

LA LIGNE DE
PARTAGE DES EAUX

La route continuait de grimper. Ils avaient atteint une altitude de 2 000 mètres. Cependant, l'élévation était graduelle et le Volks tenait le coup.

Un après-midi, ils arrivèrent à un endroit qui s'appelait South Pass. Ce n'était pas un col de montagne ou un défilé, comme ils avaient imaginé, mais bien un très vaste plateau.

— N'allez pas trop vite, dit la Grande Sauterelle.

Très énervée, la fille consultait en même temps la carte du Wyoming qu'elle avait épinglée sur le tableau de bord, leur livre bien-aimé qu'elle tenait dans sa main gauche et la grande carte des États-Unis qui était étalée sur ses genoux.

Soudain, au bord de la route, ils virent un panneau qui disait :

THIS IS THE CONTINENTAL DIVIDE — EL. 7 550 FT. (2 303 M.)

Jack immobilisa le Volks sur le *soft shoulder* et ils descendirent. Le chat sortit avec eux. Ils se trouvaient exactement sur la ligne de partage des eaux ; devant eux, les eaux coulaient vers le Pacifique, et derrière eux, elles coulaient vers l'Atlantique.

La fille regarda dans son livre. L'auteur disait que les émigrants, lorsqu'ils arrivaient au célèbre *divide*, avaient hâte de trouver un cours d'eau parce qu'ils se demandaient quel goût pouvait bien avoir cette eau qui coulait vers l'océan Pacifique ; il rappelait que parmi les gens qui étaient passés par cet endroit, il y avait non seulement tous ceux qui avaient émigré en Oregon et en Californie, mais aussi un grand nombre d'explorateurs et de précurseurs célèbres, notamment Robert Stuart en 1812, Jed Smith, Jim Clyman, Jim Bridger, Tom Fitzpatrick et d'autres en 1824, le capitaine Bonneville en 1832, le docteur Whitman et son groupe en 1835 ; et il déplorait le fait qu'un endroit important comme le *continental divide* n'était signalé à l'attention des touristes que par deux modestes blocs de pierre érigés non pas par le gouvernement, mais par deux « private citizens at their own expense ».

— Il faut faire quelque chose, dit la fille.

— C'est vrai. Qu'est-ce qu'on pourrait faire ? demanda Jack.

— Quelque chose de spécial. C'est pas tous les jours qu'on traverse le *divide*.

— Qu'est-ce que deux *private citizens* comme nous peuvent faire de spécial ? Avez-vous une idée ?

— Oui. Je commence à avoir une idée...

Elle avait une drôle de voix et ses yeux regardaient par en dessous.

— Quelle est la chose la plus *private* que deux *private citizens* comme nous peuvent faire ? demanda-t-elle.

— Oh! fit l'homme, c'est à ça que vous pensez?

— Oui.

— Tout de suite?

— Pourquoi pas? dit la fille, et elle enleva son T-shirt; elle était nue jusqu'à la ceinture et elle se préparait à baisser la fermeture éclair de ses jeans.

Jack regardait aux alentours.

— Voyez-vous quelqu'un? demanda-t-elle.

— N... non.

— Donc il n'y a personne?

— Personne.

— Alors on le fait ou on le fait pas?

— Vous voulez qu'on fasse ça tout de suite?

— Oui!

— Ici?

— MAIS OUI, C'EST ÇA! TOUT DE SUITE ET ICI, EN PLEIN SUR LE *CONTINENTAL DIVIDE*!

Le chat se sauva à toute vitesse et se réfugia sous le Volks.

La fille enleva ses jeans et son couteau de chasse, et elle s'aperçut que l'homme était encore tout habillé. Elle l'aida à retirer sa chemise, ses souliers et ses jeans, ensuite elle lui demanda si tout allait bien et, sans lui laisser le temps de répondre, elle l'obligea à s'allonger sur l'accotement de la route et elle se mit à l'embrasser et à le caresser. Il voulut dire quelque chose, mais elle se coucha sur lui et l'embrassa plus fort, et juste au moment où il essayait encore une fois de dégager sa bouche pour dire un mot, la fille sentit sous son ventre deux ou trois secousses et une petite inondation.

— Ah non! fit-elle.

— Je suis désolé, dit-il, mais quand je fais ça dehors...

— Oui ?

— ... je suis trop excité et ça va trop vite.

— Pourquoi ne l'avez-vous pas dit ?

— J'ai pas eu le temps !

— Mais vous auriez pu dire n'importe quoi... je ne sais pas moi, vous auriez pu dire : ATTENTION ! ou STOP ! ou bien NON ! C'est pas très long à dire ! Ou encore AU SECOURS !

— Je regrette...

— Ou encore MAMAN !

— Pourquoi pas UN HOMME À LA MER ! demanda-t-il, et il éclata de rire.

Il rigola un bon moment, les yeux fermés à demi, puis son rire se brisa quand il se rendit compte que la fille n'arrivait pas à se défaire de son air sérieux. Il resta quelques instants allongé sur le dos pour voir si elle avait envie de parler ou de faire quelque chose. Le ciel était bleu foncé au-dessus de leurs têtes et bleu pâle à l'horizon où il était découpé par les montagnes.

La fille se leva et se rhabilla en silence.

Elle ne parla pas beaucoup durant le reste de l'après-midi. Dès que le soleil disparut, l'air devint plus frais et même froid, et Jack chercha un camping muni de toutes les commodités afin qu'ils puissent brancher leur petit radiateur ou leur couverture électrique. À Rock Springs, il trouva un camping de la chaîne KOA ; c'était plus cher, mais le confort était assuré et la fille allait pouvoir se détendre et retrouver sa bonne humeur.

La Grande Sauterelle n'était pas vraiment de mauvaise humeur ; elle semblait plutôt soucieuse et un peu triste. Ils passèrent la soirée à lire, chacun de leur côté, et finalement Jack prépara le lit et installa la couverture électrique. C'était une couverture bleue, double largeur, et ils l'étendaient par-dessus les sacs de couchage quand il faisait très froid.

Jack expliqua à la fille que la couverture avait un système électrique séparé en deux parties autonomes : chaque partie réchauffait une moitié du lit.

— L'avantage, dit-il, c'est qu'on peut brancher une moitié seulement de la couverture si on dort tout seul, ou les deux moitiés si on dort avec une autre personne.

— Vous dites ça parce que vous avez le goût de dormir tout seul ? demanda-t-elle.

— Mais non...

— Vous êtes sûr ?

— Absolument. Vous devriez venir, sinon vous allez attraper un rhume.

La Grande Sauterelle le rejoignit dans le lit et il brancha les deux moitiés de la couverture. Au bout de quelques minutes, le froid et l'humidité firent place à une douce chaleur, et Jack pour une fois se laissa rapidement gagner par le sommeil. Il s'était assoupi depuis un bon moment lorsqu'il prit conscience tout à coup que la fille n'allait pas bien ; elle maugréait et soupirait et ne restait pas en place deux secondes. Il lui demanda ce qui n'allait pas.

— Je ne suis même pas une vraie Indienne, dit-elle.

— Et alors ? fit-il, encore à moitié endormi.

Tout de suite il regretta ce qu'il venait de dire, car la fille éclata brusquement en sanglots. Il la prit dans ses bras. Il lui disait : «Pleure pas, pleure pas.» Il la berçait doucement et lui caressait les cheveux.

— Excusez-moi, dit-il. Je ne sais pas pourquoi j'ai dit ça.

— C'est pas grave.

Elle essuyait ses larmes avec le revers de sa main. Il fouilla sous son oreiller et trouva un kleenex plié en quatre.

— Il est propre, dit-il.

— J'espère! dit-elle en souriant à travers ses larmes.

Son sourire, toutefois, s'évanouit presque aussitôt et elle recommença à dire qu'elle n'était ni une Indienne ni une Blanche, qu'elle était quelque chose entre les deux et que, finalement, elle n'était rien du tout.

L'homme ne savait pas quoi dire. Il allongea le bras pour diminuer le chauffage, car il faisait plus chaud maintenant dans le lit. Le mécanisme qui commandait l'intensité du chauffage était placé dans un petit boîtier lumineux en forme de soucoupe. Le boîtier se trouvait juste au-dessus du lit, au bord d'un compartiment à bagages, et il servait de veilleuse pendant la nuit.

— Je vais vous dire une chose, dit-il.

Il se mit sur le côté et replia ses genoux.

— Vous dites que vous êtes «quelque chose entre les deux»... Eh bien, je ne suis pas du tout de votre avis. Je trouve que vous êtes quelque chose de neuf, quelque chose qui commence. Vous êtes quelque chose qui ne s'est encore jamais vu. Voilà, c'est tout.

La fille laissa échapper un long soupir et ne dit rien pendant un moment.

— Merci, dit-elle finalement. Peut-être que j'étais un peu zouave. Merci beaucoup.

Un peu plus tard, ils s'endormirent dans les bras l'un de l'autre et dans la douce chaleur de la couverture électrique. Au milieu de la nuit, l'homme s'éveilla et, en voyant la petite lumière au bord du compartiment à bagages, l'espace d'une seconde il eut l'impression qu'une soucoupe volante planait sans bruit au-dessus de sa tête. C'était tout à fait idiot... et pourtant il se rendormit et rêva que la Grande Sauterelle était une extra-ter-restre.

25

UN VAGABOND

Quelqu'un faisait du stop. Un homme. Cheveux blancs. Un sac sur le dos... Non, pas un sac : une grosse toile enroulée.

Jack regarda la fille pour voir si elle était d'accord. Elle fit signe que oui et il arrêta le Volks à la hauteur du vieil homme.

— Howdy ! fit le vieux.

— Howdy ! fit la Grande Sauterelle.

Elle cherchait à imiter l'accent traînant de l'Ouest. Son imitation ne fut pas très réussie, car le vieux demanda :

— You're from the East, aren't you ?

— Yes, dit-elle.

— From Québec, dit Jack.

— Je parle français, dit le vieux.

— Allez-vous loin ? demanda la fille en ouvrant la portière.

— En Oregon.

— On va jusqu'à Fort Hall, dit Jack. C'est pas bien loin, mais vous pouvez monter si ça vous convient.

— Merci beaucoup. Ça va reposer mes vieilles jambes, dit l'homme, qui n'avait qu'un léger accent.

La porte coulissante s'ouvrait uniquement de l'extérieur. Jack coupa le contact et donna les clefs à la fille. Mettant pied à terre, elle déverrouilla la porte et l'ouvrit. Le vieux déposa son rouleau de toile à l'intérieur et il adressa à la fille un salut plutôt comique avant de prendre place sur la banquette : il inclina le buste et, ramenant une jambe vers l'arrière, il fléchit légèrement les genoux. Elle le salua de la même façon.

— Il y a un chat dans l'évier, dit-elle pour le prévenir. C'est Chop Suey.

— Les chats sont mes amis, dit le vieux. Ils sont mes *chums*, comme vous dites au Québec.

— Où avez-vous appris le français ? demanda Jack.

— J'ai vécu à Paris. C'était entre les deux guerres, en 1921. Dans ce temps-là, ça ne coûtait pas cher de vivre en France. Mais aujourd'hui...

Il laissa sa phrase en suspens.

— Et puis, sur la route, j'ai rencontré des gens du Québec... et souvent on a fait *du pouce* ensemble, comme vous dites chez vous.

Son français était correct, mais il hésitait parfois, au milieu d'une phrase, comme s'il préparait dans sa tête les mots dont il allait se servir.

— Où habitiez-vous lorsque vous étiez à Paris ? demanda Jack.

— Le quartier latin, dit le vieux.

— Et quelle rue, si je ne suis pas indiscret ?

— Rue du Cardinal-Lemoine. Si vous voulez que je vous dise le numéro, je m'en souviens : j'ai une très bonne mémoire !

— Excusez-moi, dit Jack.

Le vieux se mit à rire.

Jack regarda brièvement dans le rétroviseur : le vieux riait franchement ; il avait une bonne figure pleine et ronde, mais les yeux plissés étaient ceux d'un homme rusé.

La Grande Sauterelle se tourna vers le vieil homme.

— Vous voyagez toujours sur le pouce ? demanda-t-elle.

Il voyageait sur le pouce depuis longtemps... Mais autrefois, lorsqu'il était jeune (il y avait de cela une éternité), il voyageait sur les trains de marchandises comme beaucoup de gens le faisaient à cette époque parce que c'était « la crise » et que l'argent était rare.

D'une manière ou d'une autre, il avait voyagé toute sa vie. Il aimait les routes. C'était sa façon de vivre. Quand il était fatigué, il se couchait au bord du chemin ou dans un champ, ou dans un parc, et il s'enroulait dans sa couverture de toile. Et le lendemain, il reprenait la route. Il y avait un mot en anglais pour dire ça et c'était le verbe *to ramble*.

— On peut dire *vagabonder*, en français, dit Jack.

— C'est vrai, dit le vieux sans grande conviction.

— Ou encore *se promener, errer à l'aventure, aller de-ci de-là*...

— Hum-hum ! fit le vieux, et Jack n'insista pas.

Il y eut un moment de silence, puis la fille relança la conversation :

— Alors vous allez en Oregon ?

— Oui, répondit le vieil homme avec un large sourire. C'est un beau pays, un des rares où vous trouvez encore des endroits sauvages au bord de l'océan. J'aime beaucoup l'océan Pacifique et je connais un coin tranquille... Il y a un sentier qu'on ne peut pas voir de la route, il est caché par la végétation, alors vous prenez ce sentier qui est très étroit et... *steep* ?

— ... escarpé, dit Jack, qui ne put s'empêcher d'ajouter : *à pic* et *en pente raide*.

— Merci. Vous descendez le sentier escarpé en faisant attention pour ne pas casser votre gueule, et vous arrivez à une petite... anse où vous trouvez *nobody* parce que *nobody* la connaît.

Se trouvant lui-même très drôle, il partit tout à coup d'un grand rire bon enfant.

— *Nobody*, c'est moi, dit-il. Je n'ai pas de maison, mais j'ai une petite anse perdue quelque part en Oregon sur les bords de l'océan Pacifique. Au fond de mon anse, il y a une grotte que je partage avec les... crabes ? merci, et il y a beaucoup de bois pour faire du feu. Si vous avez ce qu'il faut pour pêcher, vous pouvez rester là une semaine ou deux, mais il faut apporter quelque chose à boire. Quand vous avez quelque chose à boire, du vin ou de la bière, et que vous pouvez prendre du poisson, c'est le paradis !

Ils roulaient en direction de Fort Hall et le vieux caressait le chat noir, qui était venu sur ses genoux. Il racontait toutes sortes de choses parce qu'il était content de parler à quelqu'un.

Quand il s'en allait vers l'Ouest, pour se rendre à la petite anse qu'il était le seul à connaître, il prenait toujours la Piste de l'Oregon : c'était la plus vieille piste de l'Amérique. Elle était plus ancienne que toute l'histoire de la conquête de l'Ouest, plus ancienne que les coureurs de bois et les pionniers, plus ancienne que tous les émigrants avec leurs chariots tirés par des bœufs. Elle était aussi vieille que les Indiens et probablement aussi vieille que l'Amérique.

— Quand vous allez dans l'Ouest, disait-il, c'est sur la vieille Piste de l'Oregon que vous vous sentez le mieux.

— Allez-vous rester longtemps en Oregon ? demanda la fille.

— Non. Seulement jusqu'à l'automne. Ensuite je descends en Californie et, au printemps, je retourne dans l'Est.

— Comme ça, vous allez vers l'Ouest, dit Jack, et quand vous êtes rendu, vous repartez vers l'Est... ?

— Je sais, dit le vieux en riant. Moi aussi, je trouve ça ridicule parfois. Connaissez-vous la chanson *No Roots in Rambling* ? C'est une chanson de Jerry Jeff Walker.

— Non, dit Jack.

— Je la connais, dit la Grande Sauterelle.

Elle se mit à fredonner l'air et le vieux l'accompagna en chantonnant les paroles dont il se souvenait par-ci, par-là. C'était une ballade très douce et nostalgique, dans le genre *country*, et Jack parvint à saisir quelques phrases qui disaient : *I'm now alone and I know I need to ramble* et *It's the call from deep inside* et encore *The blues will haunt me until I die.*

Lorsque le vieux et la fille s'arrêtèrent de chanter, on n'entendit plus que le moteur du Volkswagen et le sifflement des pneus sur l'asphalte. Ils avaient quitté la rivière Sweetwater et la route 220. Ils avaient passé la frontière de l'Idaho. Ils roulaient à présent sur la 30 et ils traversaient une localité qui s'appelait Soda Springs à cause des sources d'eau minérale que les émigrants y avaient trouvées. La Grande Sauterelle annonça qu'il ne restait que 90 kilomètres avant Fort Hall.

Et les questions reprirent.

La fille demanda au vieux à quel endroit il aimait passer l'hiver lorsqu'il était sur la côte de l'Atlantique.

— Key West, répondit-il sans hésiter.

Jack le regarda encore une fois dans le rétroviseur.

Le vieux poursuivit :

— J'ai fait plusieurs voyages à Cuba, mais j'aime bien Key West. C'est un bon endroit pour passer l'hiver. Vous allez me demander pourquoi ? Eh bien, il y a plusieurs raisons : les bateaux, les vieilles maisons et les chats. Et le climat, évidemment.

Il dit qu'il ne faisait jamais très froid à Key West en hiver. La nuit, c'était parfois un peu *chilly*... frisquet, mais aussitôt que le soleil arrivait, il se mettait à faire chaud. Il connaissait des pêcheurs qui le laissaient dormir sur le pont de leurs bateaux ou qui acceptaient de le nourrir en échange d'un coup de main pour tirer les filets, nettoyer la cuisine ou n'importe quel genre de travail qui ne durait pas trop longtemps.

Le vieux n'aimait pas travailler longtemps. Ce qu'il préférait, à Key West, c'était se promener dans les rues, les ruelles et les petites allées du centre-ville et admirer les vieilles maisons de bois. Avec leurs grandes galeries ornées de sculptures, les maisons de Key West lui faisaient penser à de vieilles dames en robes de dentelle. Elles étaient enveloppées de verdure et entourées de jardins où les chats perdus venaient se mettre à l'abri dans une ombre riche et secrète. Quand il n'était pas heureux, le vieux n'avait qu'à se promener en ville et à regarder les vieilles maisons pour se sentir mieux.

La Grande Sauterelle n'était pas souvent mère poule, et elle se détestait elle-même quand elle l'était, mais cette fois elle ne put résister.

— Vous n'avez jamais eu de maison? demanda-t-elle avec une drôle de voix.

— Mais oui, comme tout le monde, dit le vieux.

— Où ça?

— Pas loin d'ici, en Idaho. Un village qui s'appelle Ketchum.

À ces mots, Jack se trouva malgré lui à ralentir l'allure du Volks et la fille regarda s'il y avait quelque chose d'anormal sur la route, mais tout était normal.

— C'est près de Sun Valley, dit le vieux. Vous savez, cet endroit où il y a une fameuse station de ski?

La fille tendit l'oreille un instant pour écouter le moteur, mais il tournait très bien.

— De temps en temps, j'ai envie de revoir la maison, dit-il. Quand je vais faire un tour là-bas, à Ketchum, je m'assois dans le restaurant qui est en face de la maison et je bois un café. Lorsque vous êtes assis près de la fenêtre, vous voyez très bien la maison. Vous voyez même les gens qui sortent par la porte de côté pour aller dans le jardin.

Le vieux ajouta que le propriétaire du restaurant était un de ses amis et qu'il faisait du très bon café.

Puis il se tut.

Ni la Grande Sauterelle ni Jack n'osèrent demander qui étaient ces gens qui sortaient par la porte de côté et s'en allaient dans le jardin.

— Il fait du très bon café, répéta doucement le vieux.

Ensuite il garda le silence jusqu'à Fort Hall.

Au moment où ils laissèrent la route 30 pour se rendre dans un camping, le vieux leur demanda d'arrêter le Volks.

— Je vais descendre ici, dit-il en se levant.

— Vous ne venez pas au camping ? demanda la fille.

— Trop cher pour moi.

La fille regarda Jack, puis elle décida :

— On vous invite !

— Ah, si vous insistez... ! dit le vieux en riant.

— Nous insistons, dit Jack.

Vers six heures, Jack prépara des spaghetti à la viande pendant que la Grande Sauterelle était à la piscine. Le vieux se tenait à l'écart ; il était assis au pied d'un arbre et lisait *The Valley of the Moon*, de Jack London, son auteur préféré.

La fille revint. Lorsqu'elle vit que Jack avait fait assez de spaghetti pour trois personnes, elle proposa d'inviter le vieux.

— Je vais aller le chercher, dit-elle.

Elle mit une grande serviette de plage sur sa tête et ses épaules et elle alla trouver le vieil homme. Il accepta l'invitation avec plaisir, mais il insista pour apporter sa « modeste contribution ».

Après avoir dressé la table, Jack prit un ouvre-boîte et ouvrit la « contribution » du vieux : une boîte de conserve qui contenait une demi-douzaine de petites saucisses.

— Oh ! fit-il. Ce sont des saucisses !

— Des saucisses allemandes, dit le vieux.

— Ah !

— Cuites dans la bière.

— Oh !

Les saucisses allemandes cuites dans la bière n'étaient pas exactement le genre de choses que Jack aimait manger en soirée, lui qui avait l'estomac délicat, mais il était tout de même assez content de les voir, car il s'était imaginé que la boîte contenait au moins trois ou quatre douzaines de sardines baignant dans l'huile.

Il avait franchement horreur des sardines.

— Pensez-vous que je peux ajouter les saucisses à la sauce des spaghetti ? demanda-t-il à la Grande Sauterelle.

— J'en ai pas la moindre idée, dit-elle, mais après tout, pourquoi pas ?

Il découpa les saucisses en rondelles et il les fit chauffer quelques minutes dans la sauce. Quand le repas fut prêt, ils s'entendirent tous les trois pour affirmer que la saucisse allemande cuite dans la bière relevait considérablement le goût des spaghetti. Ils parlèrent ensuite de Théo et le vieux déclara qu'il ne pouvait pas dire s'il l'avait déjà rencontré sur la route.

— Comment ! s'étonna Jack. Vous vous rappelleriez certainement de lui si vous l'aviez rencontré !

— Un mètre quatre-vingt-dix, cent kilos... c'est pas rare dans l'Ouest, expliqua le vieux.

— Oui, mais... un francophone, les cheveux noirs et frisés...

— Je regrette beaucoup, dit le vieux, mais je ne suis pas certain. Peut-être que oui et peut-être que non.

Il avait rencontré beaucoup de monde sur les routes et sur les trains. Une nuit, il avait même rencontré Jack

Kerouac. C'était sur un train dans le bout de Denver, et Kerouac n'était pas encore un écrivain connu à ce moment-là. Il faisait froid. Ils avaient bu du vin. Il se souvenait très bien de Kerouac, mais il ne pouvait pas dire s'il se souvenait de Théo.

Jack essaya d'être aussi objectif que possible. Il raconta froidement au vieux tout ce qu'il avait appris sur son frère depuis le début du voyage. Il donna tous les détails qu'il connaissait, sans rien oublier et sans rien ajouter. Il termina son récit en posant l'alternative Oregon-Californie et il se tut. Il laissa parler le vieux. Le récit avait été difficile et il était content d'avoir fini.

— À votre place, je n'hésiterais pas longtemps, dit le vieux.

— Ah non ? fit-il.

— Non.

— Qu'est-ce que vous feriez ?

— J'irais en Californie. Votre frère n'est pas du tout le genre de gars qu'on rencontre en Oregon.

— C'est grand, la Californie...

— À ce temps-ci de l'année, il doit être à San Francisco.

— Pourquoi ?

Le vieux haussa les épaules.

— C'est comme ça, dit-il.

— Mais vous, dit Jack, c'est en Oregon que vous allez...

— Je suis un *rambler*, et vous pouvez même dire que je suis un *tramp*, dit-il, mais je ne suis pas un *bum*.

Après le repas, le vieux leur donna un coup de main pour faire la vaisselle, puis il alla s'asseoir plus loin et se remit à lire ; il lut Jack London tant qu'il resta un peu de lumière.

— Drôle de bonhomme, dit la fille.

— Il se prend pour Hemingway, dit Jack. Avez-vous remarqué ?

— Non.

— Il dit qu'il a vécu à Paris, rue du Cardinal-Lemoine... il parle de Cuba et de Key West, et il dit qu'il avait une maison à Ketchum, en Idaho... C'est la vie d'Ernest Hemingway !

— Je ne savais pas.

Jack secoua la tête.

— Tout de même, dit-il, ça n'a pas de sens.

— Peut-être, dit-elle, mais ce n'est pas pire que le reste. On a traversé les deux tiers de l'Amérique en suivant une piste tellement mince... tellement mince et invraisemblable que si on racontait ça aux gens, personne ne voudrait nous croire. Ils nous prendraient pour des fous.

— Deux vrais zouaves !

— Et pour finir, on embarque un vieux bonhomme qui fait du pouce et il nous dit que Théo a toutes les chances d'être allé en Californie et non pas en Oregon ! Il n'a jamais vu votre frère de toute sa vie et pourtant il affirme sans aucune hésitation qu'il est allé en Californie.

— Et plus précisément à San Francisco ! Il peut même dire dans quelle ville !

— On aurait dû lui demander l'adresse... Peut-être qu'il nous l'aurait donnée !

— Avec une lettre de recommandation ! dit Jack.

Il se mit à rire.

— Et le pire, dit-il en reprenant son sérieux, le pire c'est que si ça continue, les deux zouaves vont probablement aller en Californie... Qu'est-ce que vous en pensez ?

— Il me semble que les deux zouaves n'ont pas tellement le choix, répondit la fille.

Le ciel était nuageux. Le vieux dormit sous la table à pique-nique, enroulé dans sa vieille couverture de toile. Lorsqu'ils s'éveillèrent le lendemain matin, il était déjà parti.

26

LA PISTE DE LA CALIFORNIE

À Fort Hall, ils prirent une route secondaire qui allait au sud-ouest ; cette route, qui devait les mener à l'Interstate 80, dans le Nevada, était la Route de l'Or, la Piste de la Californie.

La Grande Sauterelle conduisait lentement à cause des *road mice*. Ces petits animaux — leur taille se situait entre le mulot et l'écureuil — se tenaient au bord de la route, dressés sur leurs pattes arrière pour voir arriver les véhicules, et au dernier moment ils décidaient de traverser. Il fallait sans cesse donner des coups de volant et des coups de frein pour les éviter. La fille avait les nerfs en boule.

L'altitude avait diminué. Le paysage était devenu très aride. De chaque côté de la route s'étendaient des terres grisâtres et tachetées de vert par les buissons de sauge.

Jack se préoccupait des *road mice*, lui aussi, mais il se faisait encore plus de souci pour le vieux Volks. Au beau milieu de l'après-midi, tandis que la chaleur était la plus intense, ce qu'il craignait depuis un moment se produisit : le moteur du Volks se mit à toussoter.

Il s'efforça d'adopter un ton rassurant :

— Une graine dans l'essence, dit-il.

Le moteur toussota encore un peu, et il cala. La fille eut à peine le temps de ranger le minibus sur l'accotement de la route. Elle essaya de relancer le moteur, mais ce fut en vain.

— Je vais aller voir, dit Jack.

Il descendit et alla ouvrir le compartiment du moteur. Il recula d'un pas à cause de la chaleur qui se dégageait, puis il avança la tête et examina brièvement les diverses parties du moteur.

— Essayez encore une fois ! cria-t-il à la fille.

Elle mit le contact : le démarreur tournait bien, mais le moteur ne voulait pas repartir.

— Qu'est-ce qui se passe ? cria-t-elle.

— Pas la moindre idée !

Elle descendit à son tour. La tête de l'homme disparaissait dans le compartiment du moteur et elle lui demanda ce qu'il faisait.

— Je regarde la batterie, dit-il.

— Mais non, dit-elle. Si le démarreur tourne bien, la batterie...

— Ah oui.

— C'est plutôt l'essence : on dirait qu'elle n'arrive pas au carburateur.

— Peut-être qu'on est en panne sèche ?

— Quand on est partis de Fort Hall, le réservoir était aux trois quarts plein, dit la fille.

Il pouvait y avoir une fuite dans le réservoir, mais l'homme ne fit pas allusion à cette possibilité. Il vérifia plutôt l'huile du moteur. Sans dire un mot, il tira la jauge, l'essuya entre le pouce et l'index de sa main gauche comme faisaient les vieux mécaniciens, puis il la remit en place et la retira une nouvelle fois pour examiner le niveau d'huile.

— Ça va, conclut-il sur un ton aussi détaché que possible.

La fille tourna la tête de côté et tendit l'oreille vers l'endroit où se trouvait la pompe à essence.

Jack glissa le plus discrètement qu'il put ses doigts tachés d'huile dans la poche gauche de ses jeans ; il espérait trouver un vieux kleenex au fond de la poche, mais ses doigts ne rencontrèrent rien du tout et il n'eut pas d'autre choix que de les essuyer sur le tissu blanc de la poche.

— Écoutez ! dit la fille. Vous n'entendez pas quelque chose ?

— Non... Ah oui ! j'entends une sorte de sifflement.

— Comme une bouilloire quand l'eau commence à bouillir ?

— Exactement.

— Crotte ! dit-elle. C'est un *vapour lock* !

Elle tendit l'oreille une seconde fois.

L'homme attendait les explications.

— En voulant éviter les *road mice*, dit-elle, j'ai fait travailler le moteur un peu trop fort et il s'est mis à chauffer, alors une partie de l'essence s'est transformée en vapeur ; le bruit que vous entendez maintenant, c'est le sifflement de la vapeur là-dedans.

Elle pointait son index vers la pompe à essence.

— La vapeur remplit la pompe et empêche l'essence de se rendre au carburateur, dit-elle.

— Qu'est-ce qu'on peut faire ?

— Je ne suis pas sûre. Qu'est-ce que vous feriez si vous étiez tout seul ?

— Moi ? fit-il. Je me mettrais au bord de la route, sur le *soft shoulder*, et je ferais signe à quelqu'un de s'arrêter et de venir m'aider, et alors...

— Et alors ?

— Alors un camion s'arrêterait — ce serait un gros Mack de dix tonnes — et il en sortirait une grande fille avec les cheveux noirs comme le poêle et des jambes longues et maigres comme une sauterelle, et elle viendrait jeter un coup d'œil au moteur et puis on prendrait une grande décision.

— Laquelle ?

— On déciderait de ne rien faire. On trouverait un petit coin à l'ombre et on prendrait une bière ou encore on ferait *diverses petites choses agréables* sans se presser et, pendant ce temps-là, le moteur se refroidirait et le problème...

— ... se réglerait tout seul, dit-elle. C'est pas une mauvaise solution, mais...

— Mais... ?

— Il faut tenir compte d'une autre possibilité : si l'essence n'arrive pas, c'est peut-être aussi parce que le filtre de la pompe à essence est encrassé.

— Il va falloir nettoyer le filtre ? demanda-t-il en s'épongeant le front.

Ils ne bougeaient même pas, et pourtant, du seul fait qu'ils se trouvaient en plein soleil, ils étaient tous les deux couverts de sueur.

— C'est la meilleure chose à faire, dit-elle. Et puis ça va donner le temps au moteur de refroidir. On fait d'une pierre deux coups et on est sûrs de ne pas se tromper.

— Vous avez déjà fait ça, nettoyer le filtre d'une pompe à essence ?

— Allez me chercher les outils, dit-elle au lieu de répondre ; et elle ajouta : « S'il vous plaît ».

L'homme alla chercher la trousse qui était derrière le siège du passager. La fille prit une paire de pinces *vise-grip* et, se glissant sous le Volkswagen, elle bloqua l'arrivée de l'essence en fixant les pinces sur le tuyau de caoutchouc qui allait du réservoir au moteur. Elle expliqua à Jack ce qu'elle venait de faire. Ensuite elle détacha la conduite d'essence qui menait à la pompe et elle entreprit de démonter la pompe elle-même.

Elle travaillait méthodiquement, elle expliquait tout ce qu'elle faisait, et l'homme essayait de prévoir ses gestes et de mettre à portée de sa main les outils dont elle allait avoir besoin.

Comme elle travaillait au soleil, il lui fit une sorte d'auvent en utilisant la couverture de flanelle. Pour qu'elle ne fût pas obligée de rester en position accroupie, il lui apporta le petit tabouret en vinyle jaune du Volks. Il avait versé de l'eau fraîche dans un grand plat et, de temps en temps, il lui épongeait le front avec une serviette mouillée.

Il fallut environ une demi-heure à la fille pour démonter la pompe ; en prévision du travail inverse, elle disposait toutes les pièces en bon ordre sur un journal à côté d'elle. Lorsqu'elle eut nettoyé le filtre, qui était très sale (elle le fit voir à Jack avec une certaine satisfaction), elle mit une vingtaine de minutes à remonter la pompe et à tout remettre en place.

À mesure que le travail avançait, il était de plus en plus difficile à l'homme de dissimuler son admiration et de contenir son enthousiasme. Et lorsque tout fut terminé et que le moteur, à la première sollicitation, se mit à tourner comme un neuf, il donna libre cours à ses sentiments. Il déclara à la fille, qui avait la figure barbouillée d'huile et les mains et les bras noircis jusqu'au coude :

— Vous êtes le plus beau mécanicien que j'aie jamais vu ! Je vous adore !

Il se laissa aller à toutes sortes d'excès de langage. Il déclara, par exemple, que la mécanique était la science de l'avenir ; qu'elle était plus importante que la littérature et que la philosophie.

Et ainsi de suite.

La fille souriait et ne disait rien. Finalement l'homme prit la serviette et un gros savon Sunlight et il lui nettoya la figure, puis les mains et les bras. Ils souriaient béatement tous les deux.

27

LES VIEILLES CHANSONS
FRANÇAISES

Ils roulaient sur l'Interstate 80, dans le Nevada, et ils écoutaient la radio depuis un bon moment.

Il faisait très chaud dans le Volkswagen, même si les vitres étaient baissées; les chansons western s'enchaînaient les unes aux autres et se fondaient avec la couleur gria argent de l'asphalte qui s'allongeait interminablement devant eux.

C'était une journée lente. Ils écoutaient de la musique western depuis deux heures : Johnny Cash, Woody Guthrie, Jerry Jeff Walker, Kris Kristofferson, Jack Elliott, Roy Acuff et d'autres chanteurs qu'ils ne connaissaient pas. La Grande Sauterelle, qui était au volant, tourna le bouton pour chercher un autre poste et elle tomba sur une émission entièrement consacrée aux vieilles chansons de Jimmie Rodgers. Alors ils écoutèrent *Train Whistle Blues* et les autres vieilles chansons western jusqu'à la fin. Quand l'émission fut terminée, Jack voulut entendre les nouvelles de la journée ; il chercha d'un bout à l'autre de la bande AM et ensuite il essaya tous les postes de la bande FM, mais partout il ne trouva rien d'autre que des chansons western.

Il ferma la radio.

— Savez-vous quoi ? fit-il.

— Quoi ? demanda la Grande Sauterelle.

— J'aurais le goût d'entendre une vieille chanson française.

Un sourire très doux se dessina sur le visage de la fille.

L'homme reprit :

— Je m'ennuie des vieilles chansons françaises.

— Ah oui ? fit-elle.

— Ah oui ! Ça m'a pris tout d'un coup.

— Et... vous pensez à une chanson en particulier ?

Il ne répondit pas tout de suite. Il bâilla et s'étira comme un chat. Il avait plusieurs chansons en tête et il prenait son temps. Il n'était pas du tout pressé de choisir. C'était agréable de laisser les vieilles chansons tourner un moment dans sa tête. Elles tournaient comme sur un disque et chacune était interprétée par le chanteur ou la chanteuse qu'il préférait pour cette chanson.

Finalement il se décida :

— Je m'ennuie particulièrement de la chanson *Le Temps des cerises*, chantée par Yves Montand.

— Yves Montand la chante très bien, admit la fille. Nana Mouskouri se débrouille pas mal aussi, mais c'est difficile de faire mieux que le bon vieux Yves Montand.

— C'est aussi mon avis, dit l'homme avec un large sourire.

— Et si elle était chantée par la Grande Sauterelle ? demanda la fille.

— Je serais curieux d'entendre ça, dit-il.

Elle fit semblant d'ouvrir la radio et, contrefaisant la voix enjouée d'un animateur d'émission de variétés, elle annonça que le poste CKRL-MF, dont l'indicatif était 89,1, avait le grand plaisir de faire entendre à ses auditeurs une chanson dédiée spécialement à tous ceux et celles qui étaient en voyage sur les interminables routes de l'Ouest et qui en avaient par-dessus la tête de la musique western.

Elle toussa pour s'éclaircir la voix et elle commença :

Quand nous chanterons le temps des cerises
Et gais rossignols et merles moqueurs
Seront tous en fê-ê-te

Sa voix n'était pas pleine et riche comme celle d'Yves Montand, bien entendu, et elle n'était pas douce et mélodieuse comme celle de Nana Mouskouri ; c'était une voix de gorge, un peu sèche et voilée. Mais elle était juste et elle avait assez de souplesse pour suivre très exactement la mélodie qui montait et redescendait par paliers. Et elle devenait rieuse et même un peu paillarde quand les mots disaient :

Les belles auront la folie en tête
Et les amoureux du soleil au cœur

Puis elle se faisait plus tendre et mélancolique pour chanter le deuxième couplet qui disait :

Mais il est bien court, le temps des cerises...

La Grande Sauterelle ne se rappelait pas tous les mots et, de temps en temps, elle faisait « la-la-la... ». Elle avait presque entièrement oublié le dernier couplet et

les seuls mots dont elle avait encore le souvenir étaient
les suivants :

C'est de ce temps-là que je garde au cœur
Une plaie ouverte
Et dame fortune... ne pourra jamais
Fermer ma douleur.

28

UNE EXPÉDITION
POUR PARLER À QUELQU'UN

— On va s'arrêter dans un ranch, dit la fille.

Ils avaient traversé une région désertique ; pendant deux jours, ils n'avaient vu que des étendues mornes et grises qui faisaient penser aux paysages lunaires.

Et ils n'avaient parlé à personne, sauf aux gardiens des terrains de camping et aux pompistes des stations d'essence. «How are you today?» et «Have a nice day!» : c'étaient les seules paroles qu'ils avaient échangées avec la population locale pendant ces longues journées.

C'est pourquoi, dès que la verdure réapparut, ils décidèrent de «mener une expédition pour parler à quelqu'un». L'idée venait de la Grande Sauterelle. Plus précisément, elle voulait aller dans un ranch.

— D'accord, dit Jack, qui était au volant. C'est peut-être notre dernière chance avant la Californie. Je ne suis jamais allé dans un ranch.

— Moi non plus, dit-elle. Peut-être qu'ils vont nous inviter à manger et ensuite qu'on va faire un tour à cheval !

— Il paraît que les gens sont très hospitaliers dans l'Ouest. J'ai lu ça dans la documentation du Nevada.

— Moi aussi.

Ils avaient lu également quelque chose à propos des grands ranches qui se trouvaient dans la partie nord de l'État. On disait même qu'il y avait des bergers basques et des troupeaux de moutons. Ils regardaient partout dans les champs, mais ils ne voyaient rien. Ni vaches, ni chevaux, ni moutons.

— Il n'y a même pas de maisons au bord de la route, dit Jack. On se croirait encore dans le désert.

— Peut-être que les maisons sont loin dans les terres, dit la fille. Savez-vous à quoi je pense ?

— Non.

— Je pense qu'on devrait prendre le premier chemin privé qu'on va trouver. Je suis sûre que n'importe quel chemin privé va nous mener directement à la maison d'un *rancher*.

— On va essayer ça, dit l'homme d'une voix qui cachait mal une certaine appréhension.

Ils roulèrent encore une vingtaine de kilomètres avant d'apercevoir un chemin de terre qui partait de l'Interstate et allait se perdre au loin vers le nord. Il y avait une barrière, mais elle était ouverte et il y avait aussi une affiche qui disait :

NO TRESPASSING

— Tiens !... C'est défendu de *trépasser* ! ricana Jack en engageant le vieux Volks dans le chemin privé. On va leur dire qu'on cherchait un raccourci pour aller à Carson City. C'est la ville de Kit Carson.

— Ils vont nous croire tout de suite, dit la fille. Surtout que le chemin s'en va au nord et que Carson City se trouve au sud...

— Excusez-moi.

— C'est pas grave, dit-elle en riant. On va se débrouiller. On va trouver quelque chose.

— Bien sûr.

Ils n'allaient pas se laisser arrêter par des détails insignifiants. Rien ne pouvait atténuer le plaisir qu'ils éprouvaient à la pensée qu'ils allaient être reçus dans un ranch du Nevada.

Les *ranchers* allaient dire : « Québec in Canada ?... Oh, long way from home ! » et puis ils les inviteraient à boire quelque chose à l'intérieur parce que c'était plus frais. Et ils diraient que leur voisin avait un fils qui travaillait au Canada. — Ah oui ? Is that so ? Et à quel endroit, si ce n'est pas indiscret ? — À Calgary, dans le pétrole ! — Très intéressant, mais Calgary se trouvait plutôt dans l'Ouest, you know, tandis que le Québec... Ah oui ? Ils avaient un autre voisin qui avait une fille qui travaillait à Halifax ? Eh bien, cette fois ils avaient raison de penser que Halifax se trouvait dans l'Est, but you know, le Québec n'était pas vraiment aussi loin dans l'Est : il était quelque part entre les deux. In between ! See what I mean ? Get the picture ?

Et Jack pousserait la fille du coude pour lui signaler que ce n'était pas très poli de dire *get the picture* à leurs hôtes, mais les *ranchers* avaient l'esprit large et ils n'allaient pas se formaliser d'un petit accroc à l'étiquette. Ils allaient inviter les visiteurs du Québec à faire une promenade à cheval pour visiter le ranch et à donner un coup de main aux cow-boys pour rassembler le bétail dans le corral, s'ils n'étaient pas trop fatigués. Ensuite ils allaient leur offrir de partager leur repas, car *justement ce soir-là* ils avaient préparé un immense Bar-B-Q et tous les voisins qui demeuraient dans un rayon de cent kilomètres allaient venir manger avec eux et faire la fête.

Jack et la Grande Sauterelle étaient en plein milieu d'une discussion très animée qui portait sur la grosseur des T-bones qu'ils allaient manger au cours de Bar-B-Q géant lorsque, tout à coup, ils virent la maison des *ranchers* au bout du chemin.

C'était une grande maison en bois à deux étages avec une très large galerie sur laquelle, de loin, ils apercevaient des chaises et une table.

Ils ne voyaient personne.

Ils voyaient des arbres, une balançoire sous les arbres, un vieux pneu suspendu à une branche par un câble, mais il n'y avait pas d'enfants.

Vraiment personne.

Jack immobilisa le Volks devant l'escalier qui menait à l'entrée principale.

Il ouvrit la portière...

Au moment précis où il mettait pied à terre, un chien policier se rua sur lui. Il eut juste le temps de rentrer dans le minibus.

Aussitôt, deux autres chiens policiers sortirent de sous la galerie et se jetèrent sur le Volks en jappant furieusement. Les trois énormes chiens, la gueule baveuse, les babines retroussées et les crocs menaçants, couraient autour du vieux Volks en bondissant vers les vitres. L'un d'eux — celui qui était arrivé le premier —prit un élan et sauta vers Jack. Il appuya ses pattes avant sur le cadre de la vitre, avança la tête à l'intérieur et donna un coup de gueule qui rata de justesse le bras gauche de l'homme ; les dents claquèrent dans le vide parce que Jack s'était instinctivement jeté à sa droite.

L'homme et la fille levèrent les deux vitres, fermèrent les déflecteurs et verrouillèrent les portières.

Les chiens étaient des bergers allemands. Ils étaient beiges et noirs. Ils continuaient de tourner autour du Volks en aboyant et, de temps en temps, ils sautaient pour essayer d'atteindre les passagers.

Le chat noir, caché sous un siège, grondait sourdement.

Jack remit le moteur en marche et s'éloigna lentement de la maison des *ranchers*. Les trois chiens accompagnèrent le Volkswagen pendant quelques minutes, puis ils firent demi-tour ensemble comme si quelqu'un les avait rappelés. Jack regarda dans le rétroviseur, mais il ne vit personne à la maison. Ils roulèrent un moment en silence. Puis la fille demanda :

— Voulez-vous que je prenne le volant ?

— Ça va, dit-il. Merci.

Au bout du chemin de terre, ils reprirent l'Interstate 80 et le chat noir sortit de sa cachette.

— L'expédition n'a pas été un succès ! dit l'homme.

— On se reprendra une autre fois, dit calmement la fille.

— C'est vrai, les gens ne sont pas tous des chiens, dit-il.

La fille le regarda curieusement.

— Je voulais dire : les gens n'ont pas tous des chiens, corrigea-t-il quand il prit conscience de son lapsus.

29

LES FANTÔMES
DE SAN FRANCISCO

—Il est fait moitié en acier et moitié en rêve, dit Jack.

— C'est le plus beau que j'aie vu de toute ma vie, dit la fille.

— Quand j'étais petit, je pensais qu'il était en or. J'étais sûr qu'il avait été construit avec l'or qu'on avait découvert en Californie.

Ils parlaient du Golden Gate Bridge, qu'ils apercevaient au loin sur la droite, émergeant d'une masse de brouillard, tandis qu'ils s'engageaient sur un autre pont, le Bay Bridge, pour traverser la baie qui les séparait de San Francisco.

Le voyage touchait à sa fin.

Ils étaient partis de Gaspé, où Jacques Cartier avait découvert le Canada, et ils avaient suivi le fleuve Saint-Laurent et les Grands Lacs, et ensuite le vieux Mississippi, le Père des Eaux, jusqu'à Saint Louis, et puis ils avaient emprunté la Piste de l'Oregon et, sur la trace des émigrants du 19e siècle qui avaient formé des caravanes pour se mettre à la recherche du Paradis Perdu avec leurs chariots tirés par des bœufs, ils avaient parcouru les grandes plaines, franchi la ligne de partage des eaux et les montagnes Rocheuses, traversé les rivières et le désert et encore d'autres montagnes, et voilà qu'ils arrivaient à San Francisco.

La ville était couverte de brouillard.

L'homme et la fille ne savaient pas où aller. En sortant du pont, ils prirent une rue qui suivait les quais ; la rue, qui s'appelait l'Embarcadero, les conduisit à diverses installations pour touristes : le Fisherman's Wharf, la Cannery (un vieil immeuble en briques aménagé en boutiques et magasins), une petite plage, un vieux fort, un musée maritime, un club de yacht, un parc nommé Victoria Square et enfin le Palace of Fine Arts, vestige d'une exposition internationale tenue en 1915.

Ils flânèrent sur les quais et dans les boutiques, mais il y avait vraiment trop de touristes... et de gens qui cherchaient à vendre des choses aux touristes ; les uns et les autres, au bout d'un moment, leur parurent insupportables et ils se réfugièrent sur la petite plage.

Ils s'assirent dans le sable.

L'île d'Alcatraz était en face d'eux. Et lorsqu'ils se retournaient pour voir la ville, ils apercevaient les *cable cars* qui bringuebalaient sur la pente abrupte de la rue Hyde, avec leur chargement de touristes, en faisant résonner le cling-clang insolite de leur clochette à chaque intersection. Au flanc de la colline, les teintes pastel des maisons adoucissaient le paysage.

La fille enleva ses « running shoes » et s'avança au bord de la baie. Elle demeura quelques instants immobile, les pieds dans l'eau et les yeux fixés sur les murs beiges de la vieille prison d'Alcatraz. Puis elle revint vers l'homme, qui était resté assis dans le sable avec le chat sur ses genoux, et elle vit qu'il regardait lui aussi vers l'île.

— C'est la fin de l'été, mais l'eau est aussi froide que sur la Côte Nord! dit-elle. À quoi pensiez-vous?

— Je pensais à Burt Lancaster, dit-il.

— À cause du film *Les Oiseaux d'Alcatraz*?

— Bien sûr. Et aussi parce que c'est un acteur que Théo aimait beaucoup. Mon frère aimait aussi John Wayne, Gary Cooper, Alan Ladd, Randolph Scott, Kirk Douglas... Et vous, à quoi pensiez-vous?

— Aux Indiens. Ils se sont emparés de la prison en 1969 et ils ont déclaré que l'île était un territoire indien.

Elle souriait.

— Et qu'est-ce qui est arrivé? demanda l'homme.

— Les policiers ont établi un blocus autour de l'île, dit-elle, et ensuite...

Elle écarta les bras en signe d'impuissance et, pivotant sur ses pieds nus, elle se tourna vers la ville et fit une profonde révérence. Son geste semblait dire que les Indiens perdaient toujours, qu'ils avaient perdu cette fois encore et qu'il n'y avait rien à faire. C'était le destin ou quelque chose du genre.

— Tout de même, dit-elle. C'est une belle ville!

— Oui, mais il fait froid! dit l'homme. On s'en va?

Le soleil n'arrivait pas à percer le brouillard et ils frissonnaient à cause de l'humidité qui les pénétrait jusqu'aux os.

Ils se hâtèrent de regagner le Volkswagen. L'homme s'installa au volant. Après avoir jeté un coup d'œil sur une carte de la ville, il décida de rouler un moment dans

Bay Street, mais il tourna à droite et prit Columbus
lorsqu'il vit un panneau signalant que le quartier de
North Beach se trouvait dans cette direction. Le nom de
North Beach évoquait pour lui des souvenirs liés aux
beatniks et à Jack Kerouac.

On the Road était un des livres que la Grande Sauterelle
avait «empruntés» au cours du voyage parce qu'il était
mentionné dans le dossier de police de Toronto. Elle
l'avait trouvé en version française dans une bibliothèque
de Kansas City; elle le connaissait déjà, mais elle avait
eu du plaisir à le relire. «Qui n'a pas relu, n'a pas lu»,
disait-elle. Pour sa part, l'homme avait préféré garder
intact le souvenir de sa première lecture : il se souvenait
d'un voyage ayant les allures d'une fête continuelle, qui
était raconté dans un style puissant et enchevêtré
comme les routes immenses de l'Amérique; alors il
s'était contenté de relire la préface, dans laquelle il avait
souligné cette phrase :

> La route a remplacé l'ancien «trail» des pionniers de la
> marche vers l'Ouest; elle est le lien mystique qui rattache
> l'Américain à son continent, à ses compatriotes.

Ils virent tout de suite que North Beach était un
quartier très spécial, alors ils abandonnèrent le vieux
Volks sur le parking du Safeway, au coin de Chesnut, et
ils mirent des chandails de laine pour aller à pied dans
l'avenue Columbus. Même s'il avait grandi depuis le
début du voyage, le chat noir acceptait encore de se
balader dans le capuchon de la Grande Sauterelle; il
avait trouvé une nouvelle position : au lieu de dormir en
boule au fond du capuchon, il se tenait debout, les
pattes et le menton appuyés sur l'épaule de la fille.

Ils passèrent devant un immeuble en briques rouges
qui abritait la bibliothèque du quartier. Un peu plus
loin, sur la gauche, il y avait un parc appelé Washington
Square.

— Ah oui, dit l'homme, Kerouac venait souvent par ici.

Il parlait comme si Jack Kerouac était une vieille connaissance ; à la vérité, il n'avait lu que deux de ses livres et quelques articles sur lui dans des revues.

— Une fois, il avait acheté un gallon de vin blanc, dit-il. Le vin qu'il préférait à cette époque était du Tokay, une marque bon marché. Alors il s'est amené dans le parc avec sa petite cruche de Tokay et il s'est mis à boire. Il s'est assis au pied d'un arbre et il a bu jusqu'à ce qu'il ne reste plus une goutte de vin, et ensuite il était complètement soûl et il s'est endormi dans l'herbe.

Washington Square était un parc ordinaire, un carré de verdure avec des arbres, des bancs, quelques monuments et un coin pour les enfants, mais tout à coup, avec la présence de Kerouac, tout était transformé. Des formes suspectes étaient allongées dans l'herbe. À cause du brouillard, l'herbe était certainement mouillée, et pourtant il y avait des vieux et des *bums* qui étaient étendus et dormaient, enveloppés dans des journaux ou des couvertures de toile. Le parc était envahi par les fantômes du passé.

La Grande Sauterelle réfléchissait.

— On aurait dû arrêter à la bibliothèque, dit-elle.

Elle avait raison : Théo était peut-être un abonné de la bibliothèque. Ils revinrent sur leurs pas et poussèrent la porte de l'immeuble en briques.

La bibliothécaire était une fille grande et maigre avec de longs cheveux noirs. Elle ressemblait curieusement à la Grande Sauterelle, sauf que ses traits étaient à demi chinois et à demi mexicains ; son visage, à cause de cette double origine, était doux, un peu étrange et très émouvant à regarder.

Le nom de Théo n'était pas au fichier des abonnés. La Grande Sauterelle demanda à la fille si elle voulait bien regarder aussi les fiches des années précédentes. La fille secoua la tête : les vieilles fiches se trouvaient à la bibliothèque centrale du Civic Center, rue Van Ness. Elle les regardait avec une grande patience et un sourire chaleureux. Jack lui raconta brièvement l'histoire de son frère et elle fit signe qu'elle comprenait. Elle dit que si Théo avait fait un séjour à North Beach, il y avait un homme qui pouvait leur donner des renseignements sur lui et c'était le patron du café Trieste. Elle leur écrivit l'adresse sur un bout de papier. Ce n'était pas loin. Ils pouvaient s'y rendre à pied.

— Thank you very much ! dit Jack en lui serrant la main. It's very kind of you !

— You're very welcome ! dit-elle et ses yeux bridés se mirent à pétiller.

La Grande Sauterelle, se penchant au-dessus du comptoir, mit ses grands bras maigres autour du cou de la fille et l'embrassa sur les deux joues.

— C'est exactement ce que je voulais faire, dit l'homme quand ils furent sortis, mais je n'ose jamais parce que ça me gêne et que j'ai peur de passer pour un vieux maniaque.

Dehors, le brouillard s'était retiré. Il était onze heures du matin. Il faisait un soleil magnifique et la rue était inondée de lumière. En repassant devant Washington Square, où traînaient les fantômes du passé, ils remarquèrent cette fois l'énorme phallus de la Coit Tower qui se dressait au sommet de Telegraph Hill.

Ils marchaient dans Colombus en regardant tout autour d'eux. Ils rencontraient toutes sortes de gens : des Chinois, des Italiens, des Français, des Allemands, et il y avait des odeurs de café, de pizza et de pâtisserie qui flottaient un peu partout. Une colline s'élevait à leur droite et une autre à leur gauche, et toutes les deux étaient couvertes de maisons bleues, roses, blanches ou jaunes avec des fenêtres en saillie ; ils se trouvaient comme dans une petite vallée.

Au coin de Columbus et Vallejo, la fille s'arrêta, bloquant la circulation ; les passants étaient obligés de les contourner.

— Qu'est-ce qu'il y a ? demanda Jack.

— Rien de spécial, dit-elle, sauf que je me sens bien. Ça fait longtemps que je ne me suis pas sentie aussi bien.

Le chat grimpa sur son épaule. Elle le prit dans ses bras et esquissa un pas de danse sur le trottoir. Tout à coup elle s'immobilisa.

— Regardez !

Elle montrait du doigt une enseigne dans la rue Vallejo, à leur gauche : c'était le café Trieste.

— J'ai faim, dit-elle. Quelle heure est-il ?

— Presque midi.

Ils entrèrent au Trieste. Le café était bondé, mais ils trouvèrent une petite table dans un coin. On ne faisait pas le service aux tables. Jack alla commander des sandwiches et du café au comptoir : c'était une bonne occasion de parler au patron, mais il n'osa pas.

— Qu'est-ce que vous lui avez dit ? demanda la fille quand il revint avec le lunch.

— J'ai dit : *Two sandwiches and two cappuccini.*

— Et alors ?

— Alors il a dit *small or big, the cappuccini ?*

— Et ensuite ?

— Ensuite j'ai dit *small* et c'est tout.

— Voyez-vous ça! dit-elle en riant. Il traverse l'Amérique d'un bout à l'autre et il n'est pas capable de dire : « Do you know a guy named Théo ? »

— J'aurais dû apporter une photo, dit Jack. Je ne comprends pas comment j'ai fait pour oublier une chose pareille.

— Je vais aller lui parler, dit la fille en buvant une gorgée de café.

Elle lui donna le chat et se dirigea vers le comptoir.

Jack s'attendait à voir le patron faire signe que non, mais il se mit plutôt à sourire. Il avait l'air d'expliquer quelque chose. Près de l'entrée, en face du comptoir, des gens étaient assis sur l'appui de la fenêtre et discutaient avec animation. Il y avait aussi des gens tout seuls. Une fille lisait les petites annonces du *Bay Guardian*. Un homme maigre, qui avait les traits d'un Espagnol, les cheveux très noirs et le teint sombre, tenait une guitare sur ses genoux, mais il ne jouait pas. Le mur qui se trouvait à la gauche de Jack était couvert de photos, dont certaines avaient été prises au Trieste.

La Grande Sauterelle revint avec le patron. Il la fit s'approcher du mur et lui montra une photo sur laquelle on voyait un groupe de personnes assises autour d'une table ; il mit le doigt sur une des personnes de la photo.

— That's him, dit-il.

— Thank you, dit la fille, et le patron retourna à son comptoir.

30

MONSIEUR FERLINGHETTI

Ils traversèrent l'avenue Columbus et Jack était encore sous le coup de l'émotion lorsqu'ils entrèrent à la librairie City Lights. Il répétait :

— Quand il a dit : « That's him ! »...

— Bien sûr, dit la fille.

— J'ai cru que... Ça m'a donné un coup !

— Je comprends. Excusez-moi.

L'homme que le patron du Trieste avait désigné sur la photo n'était pas le frère de Jack. C'était monsieur Ferlinghetti. Lawrence Ferlinghetti, le poète.

Le patron ne se souvenait pas de Théo, mais il avait dit à la Grande Sauterelle qu'il fallait aller voir monsieur Ferlinghetti parce qu'il connaissait tous les gens importants qui avaient vécu à North Beach. Sur la photo, monsieur Ferlinghetti était un homme d'une cinquantaine d'années, avec une barbe grise et blanche, des sourcils épais et un nez en bec d'aigle ; il portait une

chemise blanche ouverte sur un T-shirt et une petite
veste sombre par-dessus la chemise; il avait l'air
sympathique et distingué. C'était le propriétaire de la
librairie City Lights. La fille avait demandé la permission
d'emprunter la photo et le patron avait répondu qu'elle
lui tenait à cœur parce qu'elle avait été prise au Trieste;
cependant, elle avait été reproduite dans un livre et ils
allaient certainement le trouver s'ils se rendaient à la
librairie : le titre du livre était *Beat Angels.*

C'était un jeune homme qui tenait la librairie. Ils
apprirent de lui que le propriétaire n'était pas là pour
l'instant, mais qu'il venait presque tous les jours. Il
pouvait arriver d'un moment à l'autre ou à la fin de
l'après-midi, ou le lendemain. Ou encore le surlendemain.

City Lights était une belle librairie. Jack aimait
beaucoup les librairies et une des plus belles qu'il avait
vues dans sa vie s'appelait Le Bouquiniste; elle se
trouvait dans la petite rue Desjardins, à Québec, au
temps où il était étudiant — elle n'existait plus à
présent. La plus belle de toutes, évidemment, était la
librairie Shakespeare and Company. Pendant un séjour
à Paris, Jack s'était souvenu que Hemingway avait parlé
de cette librairie dans *A Moveable Feast.* Il était allé voir à
l'adresse indiquée, rue de l'Odéon, mais la librairie
n'était plus là; elle avait été déménagée. Il l'avait
cherchée longtemps et, un beau jour, en se promenant
sur les quais, il avait aperçu tout à coup la fameuse
enseigne noire et dorée. Il aimait cette librairie parce
qu'elle avait été un lieu de réunion pour des écrivains
qu'il estimait beaucoup : Hemingway, Scott Fitzgerald,
James Joyce, Gertrude Stein et d'autres, mais aussi
parce qu'il y avait des livres partout, et de petites allées
et toutes sortes de recoins, et même un escalier étroit
qui menait à l'étage, d'où lui était parvenu ce jour-là,
très doucement, un air de guitare.

A City Lights — la librairie de North Beach, à San Francisco — l'escalier menait au sous-sol. En bas comme en haut, les livres étaient très nombreux, ainsi que les revues et les journaux ; la section des recueils de poésie était particulièrement riche, et il y avait une table et des chaises pour s'asseoir et flâner.

La Grande Sauterelle était assise en bas et elle lisait un journal anarchiste lorsque Jack descendit quatre à quatre le vieil escalier en bois. Il était très énervé. Il posa un livre devant elle sur la table et se mit à le feuilleter en marmonnant quelque chose. Elle vit que c'était *Beat Angels*.

— Regardez ! dit-il.

Elle reconnut la photo qu'elle avait vue au mur du café Trieste.

Beat Angels, Edited by Arthur and Kit Knight, p. 11.

— C'est la même photo, dit-elle, sans comprendre pourquoi il était aussi énervé.

— Je sais, je sais, je sais, dit-il, mais avez-vous vu cet homme qui est assis au milieu ?

Il montrait du doigt, au centre de la photo, un homme qui avait une barbe et les cheveux très noirs et frisés.

— Je ne l'avais pas remarqué la première fois, dit-il, mais...

— Vous n'allez pas me dire que... ?

— Mais oui, mais oui, c'est mon frère ! Incroyable, n'est-ce pas ?

— Vous êtes sûr ?

— Absolument !

La fille se mit à s'énerver, elle aussi.

— Mais alors, c'est fantastique !

Elle se leva, fit le tour de la table et revint s'asseoir.

— Il est assis à la même table que monsieur Ferlinghetti, dit-elle. Ça doit vouloir dire que le propriétaire le connaît !

— Je suppose que oui, dit Jack.

— Et puis c'est une photo qui n'est pas très vieille : elle a été prise en 1977 ! C'est magnifique !

Bras dessus, bras dessous, ils grimpèrent l'escalier et traversèrent les deux salles du rez-de-chaussée pour voir si monsieur Ferlinghetti était là, mais il n'était pas arrivé. Ils attendirent encore une heure et alors, leur excitation étant tombée, ils commencèrent à se sentir fatigués. Ils comprirent qu'il valait mieux revenir plus tard. La fille « emprunta » le livre et ils sortirent. Ils prirent une chambre au San Remo, un petit hôtel situé tout près de l'endroit où ils avaient laissé le Volkswagen.

Dans leur chambre, moins grande encore que celles

des YMCA, l'homme n'arrêtait pas de regarder la photo de son frère.

— Une chose qui m'agace, dit-il, c'est l'inscription au bas de la photo. Ils mentionnent le nom de tout le monde, mais lorsqu'ils arrivent à mon frère, tout ce qu'ils trouvent à dire c'est UNIDENTIFIED MAN. « Un homme sans identité », c'est un peu comme s'ils disaient « un homme sans importance », non ?

— Mais non, dit la fille. Ça prouve seulement que l'auteur de la photo... c'est quoi son nom déjà ?

— Elle s'appelle Diana Church.

— Ça veut dire qu'elle ne connaissait pas votre frère, c'est tout. Le matin où elle a développé la photo, elle ne se sentait pas bien, elle avait mal au bloc parce qu'elle avait pris un coup la veille, probablement avec les gens qu'on voit sur la photo, alors elle n'avait pas la moindre envie de faire des recherches et elle a écrit UNIDENTIFIED MAN.

— Les gens n'ont plus de conscience professionnelle, dit Jack sur un ton sévère.

— Dans quel monde vivons-nous ! renchérit la fille.

L'homme posa le livre ouvert sur la table de chevet et recula de quelques pas.

— Il y a une autre chose qui m'agace, dit-il. Quand je regarde la photo de loin, je sais que c'est ridicule mais elle me fait penser au tableau de Léonard de Vinci qui s'appelle *La Cène*. Et mon frère...

La Grande Sauterelle s'approcha et regarda par-dessus son épaule. Il poursuivit :

— ... avec sa grosse tête noire et frisée, je ne peux pas m'empêcher de trouver que mon frère ressemble à Judas.

— C'est ridicule, dit la fille. Ridicule et même un peu morbide.

— Je sais, dit-il, mais je ne peux pas m'en empêcher.

Lorsqu'ils sortirent du San Remo, vers quatre heures de l'après-midi, il y avait de nouveau du brouillard et la ville était redevenue grise et froide. Ils suivirent l'avenue Columbus jusqu'à la librairie. Le propriétaire n'était toujours pas là et ils flânèrent dans les environs.

La librairie City Lights se trouvait au coin de la rue Broadway. C'était le secteur des cabarets et des sex-shops. D'immenses affiches roses promettaient toutes les merveilles de l'érotisme et de la volupté. Les cabarets avaient des noms comme Naked City, Casbah, Chi Chi Club, Condor, Garden of Eden. À la porte de chaque établissement, un homme invitait les gens à entrer en leur disant qu'ils allaient avoir beaucoup de plaisir et que tout était gratuit.

Ils arpentèrent Broadway dans les deux sens, puis ils allèrent se promener dans Chinatown, le quartier voisin. Ils se reposèrent quelques instants dans un parc qui s'appelait Portsmouth Square. Une vieille femme qui nourrissait les pigeons leur raconta que le banc sur lequel ils avaient pris place était celui où Robert Louis Stevenson venait s'asseoir autrefois pour écrire. Avant de s'éloigner dans le brouillard, elle ajouta que c'était peut-être sur ce banc qu'il avait écrit *L'Île au trésor*. Ils eurent une nouvelle fois l'impression d'être entourés par les fantômes du passé.

Ils descendirent encore plus au sud. En suivant la rue Powell, ils se rendirent à Union Square et un peu plus loin. C'était le centre-ville : un curieux mélange de gens d'affaires, d'artistes et de clochards. Au coin de Powell et Market, il y avait beaucoup de gens bizarres. Des gens qui semblaient perdus. Ils n'étaient pas trop mal vêtus et ils n'étaient pas vraiment pauvres, mais une lueur étrange brillait dans leurs yeux ; ils parlaient tout seuls et ils avaient l'air de ne pas savoir exactement où ils étaient, qui ils étaient et ce qu'ils faisaient là.

Un peu avant cinq heures, ils revinrent à City Lights. Le propriétaire n'était pas venu.

Il ne vint pas le lendemain non plus.

Le surlendemain, dans l'après-midi, comme Jack et la fille sortaient de la librairie et se préparaient à remonter l'avenue Columbus, ils aperçurent monsieur Ferlinghetti, une serviette sous le bras, qui venait en sens inverse. Il avait une allure très distinguée, mais il portait des chaussures en toile bleue comme les Chinois. Il paraissait un peu fatigué.

Il les croisa sans les regarder et entra dans la librairie.

Jack et la Grande Sauterelle firent demi-tour. Au moment d'entrer, toutefois, Jack se mit à hésiter ; il s'attarda à lire les titres des recueils qui étaient en vitrine : il y avait *Howl and Other Poems* d'Allen Ginsberg, et *The Electric Kool-Aid Acid Test* de Tom Wolfe, et aussi *Clean Asshole Poems* de Peter Orlovsky, et puis... la fille lui donna une grande poussée dans le dos.

Monsieur Ferlinghetti était au comptoir et parlait avec le jeune homme. Jack prit un exemplaire de *Beat Angels* sur les étagères, il l'ouvrit à la page où la photo avait été reproduite, mais il ne put se décider à interroger le propriétaire. La fille lui demanda ce qui se passait.

— Je trouve que ça fait un peu trop « détective privé », dit-il.

— Comment ça ? fit-elle.

— Ça me donne l'impression d'être dans un film policier. Un vieux film avec Jean Gabin ou Humphrey

Bogart. Vous savez bien: il y a un bar un peu louche avec beaucoup de fumée et des ventilateurs de plafond, et le détective s'approche du comptoir et montre la photo au barman: «Avez-vous déjà vu cet homme?» Le barman répond qu'il ne l'a jamais vu de toute sa vie, alors le détective met un billet de vingt dollars sur le comptoir: «Voilà de quoi vous rafraîchir la mémoire.» Et l'autre dit: «Ah oui! maintenant je me souviens»... Vous voyez ce que je veux dire?

— Bien sûr, dit la fille en souriant.

À ce moment, le propriétaire s'approcha d'eux.

— Soyez les bienvenus, dit-il. Vous êtes Français?

— Pas tout à fait. On est Québécois, dit Jack, qui était content de voir que monsieur Ferlinghetti parlait français.

— Vous êtes à San Francisco depuis longtemps? demanda le propriétaire.

— Deux jours seulement, dit Jack. Nous cherchons quelqu'un...

Il mit brusquement la photo sous les yeux de monsieur Ferlinghetti.

— Connaissez-vous cet homme? demanda-t-il.

— Pardon? fit le propriétaire.

— Celui qui est ici, dit Jack en mettant le doigt sur la photo de son frère.

Monsieur Ferlinghetti considéra la photo avec attention.

— Je me souviens de l'occasion, dit-il après quelques secondes. C'était au café Trieste en... ah oui, c'est écrit là... en 1977. Je me rappelle très bien, mais cet homme...

— C'est mon frère, dit Jack.

— Quel est son nom?

— Il s'appelle Théo. Je le cherche partout. Ça fait très longtemps que je ne l'ai pas vu et... c'est mon frère, dit-il encore.

Le propriétaire de la librairie regarda pensivement le visage de Jack, puis il se remit à étudier la photo. Il fouillait dans ses souvenirs. Il cherchait.

— Je me souviens de lui, dit-il finalement.

Le visage de la Grande Sauterelle s'éclaira d'un sourire si large et si lumineux que monsieur Ferlinghetti fut un instant distrait de ce qu'il allait dire ; il tourna la tête vers elle et l'observa en silence.

— Oui, je me souviens, reprit-il ensuite. Il avait un accent Québécois très... prononcé. Il assistait aux récitals de poésie et il était souvent au café Trieste et au Vesuvio. Je crois qu'il demeurait à North Beach... ou bien il avait une amie qui habitait dans le quartier, je ne me souviens pas exactement. Ça fait plusieurs années... Il y a beaucoup de gens qui sont partis ou disparus, vous savez.

Il s'arrêta pour réfléchir.

— Je ne l'ai pas vu, depuis... cinq ans, six ans ?

— Ça ne fait rien, dit Jack. Merci beaucoup.

— On va certainement le retrouver, dit la Grande Sauterelle.

— Je ne sais pas s'il est encore à North Beach, dit-il, mais vous pourriez mettre une annonce dans le *Bay Guardian* avec la photo.

— C'est une idée, dit-elle. Vous êtes très aimable.

— Attendez...

Il se toucha le front avec son index.

— Je pense à quelque chose, dit-il. La fille qui était

avec lui, elle habite encore à North Beach. Elle travaille juste à côté d'ici. Venez, je vais vous montrer.

Ils le suivirent dehors et remontèrent avec lui l'avenue Columbus jusqu'à Broadway où il s'arrêta. Il leur fit voir l'enseigne d'un cabaret qui se trouvait en diagonale, de l'autre côté de Columbus.

— Vous voyez le Condor ? fit-il. Ensuite le restaurant Tony ?

— Oui, dit Jack.

— Ensuite la grande enseigne blanche et rouge qui est à gauche ?

— Oui.

— C'est là qu'elle travaille, dit-il. Elle s'appelle Lisa. Bonne chance !

Il leur serra la main, puis il tourna les talons et s'éloigna. Ils contemplèrent la grande enseigne blanche et rouge qui se lisait comme suit :

HAVE A PRIVATE TALK WITH
A LIVE NAKED GIRL Only $ 1.

31

LA FILLE DANS LA VITRINE

Huit heures du soir.

La porte du cabaret était ouverte, mais il y avait un rideau en velours rouge. En écartant le rideau, ils aperçurent, à l'entrée d'une grande salle, un homme qui devait être le gérant : il était assis derrière un comptoir. La salle était divisée en deux sections : du côté droit se trouvaient des cabines permettant de regarder des films, et du côté gauche une série de vitrines.

— How are you tonight ? demanda le gérant.

— Fine, thank you, dit Jack.

Il mit deux dollars sur le comptoir.

— We'd like to see Lisa.

— Sure.

Le gérant appuya sur un bouton.

— Go to the last showcase.

— Beg your pardon ?

— La dernière vitrine.

— Oh! Thank you.

— Have a good time.

— Thank you very much.

Ils se rendirent au fond de la salle.

La dernière vitrine était éclairée par la lumière bleue d'une ampoule qui pendait du plafond. Elle ne contenait qu'un tabouret en bois.

Au bout d'un moment, une porte s'ouvrit dans le fond de la vitrine et une fille nue entra. Elle fumait une cigarette. Elle s'assit sur le tabouret et se gratta distraitement la cuisse.

Jack appela doucement:

— Lisa?

— Yes...? fit-elle.

Des volutes de fumée bleue flottaient autour de la fille et montaient paresseusement vers l'ampoule électrique. À la hauteur du visage, une ouverture ronde avait été percée dans la vitrine pour faciliter la communication avec les clients.

— Parlez-vous français? demanda Jack en se penchant vers cette ouverture.

— Bien sûr que je parle français, dit la fille.

Elle avait un léger accent de l'Est de Montréal.

— Mon nom c'est Lisette, dit-elle.

— Je m'appelle Jack. Voici la Grande Sauterelle... Je cherche un homme qui s'appelle Théo. Il paraît que vous le connaissez et je voudrais savoir où je peux le trouver.

— Qui vous a dit ça?

— Monsieur Ferlinghetti.

La fille nue regarda Jack plus attentivement. Elle l'examina des pieds à la tête et ensuite elle regarda la Grande Sauterelle de la même façon. Il était évident qu'elle les soupçonnait d'être de la police et peut-être de la Gendarmerie royale du Canada. Elle leur demanda de reculer un peu et de faire lentement un tour sur eux-mêmes.

— Il y a quelque chose de bizarre dans votre capuchon, dit-elle à la Grande Sauterelle.

— C'est un chat. Il dort.

— Faites voir... ?

La Grande Sauterelle se retourna et Jack prit le chat dans ses bras pour le montrer à la fille de la vitrine.

— C'est O.K., dit-elle.

La fille était rassurée. Elle avait un beau visage, expressif et intelligent, et très pâle avec des yeux sombres. Elle demanda des nouvelles du Québec. Elle voulait savoir si l'indépendance était pour bientôt. Elle était née près du parc Lafontaine, à Montréal. Elle avait beaucoup voyagé. Elle était allée en Inde et en Amérique du Sud.

Jack lui fit voir la photo de Théo.

— Vous voulez savoir où il est ? demanda la fille.

— Oui, dit-il. Je l'ai cherché partout. C'est mon frère.

— Votre frère... ? Il vous ressemble un peu, mais il est plus grand et plus gros que vous.

— C'est parce qu'il ressemble à mon père. Moi, je ressemble plutôt à ma mère.

Elle se pencha pour éteindre sa cigarette sur le plancher en béton de la vitrine.

— Je ne peux pas dire *exactement* où il est.

— Non ?

— Il est parti de North Beach. Les choses ont beaucoup changé par ici. C'est pas comme avant.

— Vous ne l'avez pas revu ?

— Je l'ai revu une fois.

Jack s'approcha de la vitrine.

— C'était à quel endroit ?

— Écoutez, dit la fille, la vie est dure pour tout le monde. Il y en a qui ne tiennent pas le coup, qu'est-ce que vous voulez... Ils se laissent porter par le courant et ils descendent...

La Grande Sauterelle intervint :

— Vous voulez dire qu'ils traversent le Chinatown et qu'ils vont échouer dans le bout de la rue Market ?

— Oui, dit la fille nue.

— Et c'est là que vous l'avez vu la dernière fois ?

— Oui.

— Dans le bout de Market et Powell ?

— C'est ça.

Jack rassembla son courage et parvint à demander :

— Comment était-il ?

— Il n'était pas en forme, dit tristement la fille et elle se leva pour indiquer qu'elle n'avait plus envie de parler et que l'entretien WITH A LIVE NAKED GIRL était terminé.

Elle sortit en silence par la porte du fond.

La lumière bleue s'éteignit.

32

THÉO

Ils quittèrent l'hôtel San Remo et allèrent s'installer au Stratford, rue Powell.

Ce n'était pas un hôtel de luxe; ce n'était pas le St. Francis, ni le Fairmont, ni le Hyatt Regency, mais ils avaient une grande chambre avec deux larges fenêtres qui donnaient sur la rue. Et ils étaient à deux pas du coin de Powell et Market.

La jonction de ces deux rues formait une place très animée où se trouvaient le terminus d'une ligne de *cable cars*, des arrêts d'autobus très achalandés, une station de métro, de nombreux magasins et restaurants, des stands de journaux, des vendeurs ambulants, des fleuristes, des musiciens et toutes sortes de passants et de flâneurs, parmi lesquels Jack et la fille apercevaient de temps en temps ces gens bizarres qu'ils avaient déjà remarqués: des gens au regard perdu qui se parlaient à eux-mêmes et déambulaient comme des fantômes.

À l'entrée de la station de métro, il y avait une sorte de petit amphithéâtre à ciel ouvert qui était composé de

galeries dans lesquelles on avait disposé des bancs
publics et des plantes d'ornementation. Ces galeries
étant situées au-dessous du niveau de la rue, on y était
à l'abri du vent qui soufflait du Pacifique. Il n'existait
pas, dans tout le centre-ville, un meilleur endroit pour
se chauffer au soleil.

En général, Jack et la fille prenaient leurs repas dans
une cafétéria de la rue Geary. Il leur arrivait cependant
d'aller au Burger King du bas de la rue Powell; ils
faisaient alors un repas économique: en avalant un
bacon-double-cheeseburger à midi, ils n'avaient pas besoin de
prendre un lunch vers quatre heures et ils ne sentaient
pas la faim avant sept ou huit heures du soir.

Ils se promenaient dans le quartier et les jours
passaient.

Un jour, pour se changer les idées, ils prirent le
Volks et se rendirent dans le secteur de Haight et
Ashbury, où le mouvement des hippies avait fleuri dans
les années 60. Ils ne s'attendaient pas à rencontrer des
hippies, mais ils espéraient voir des traces du mouvement, quelques indices qui auraient rappelé que des
milliers de jeunes et de moins jeunes, venus de tous les
coins du pays, avaient essayé de mettre en pratique
dans ce secteur une nouvelle conception de la vie et des
rapports entre les gens. Or, ils ne virent que des
boutiques et des restaurants. Jack déclara que les
commerçants étaient les gens les plus stables au monde.

— Ils sont capables de survivre à tous les change-
ments et à toutes les modes, dit-il. Un jour, il ne restera
plus que des commerçants sur la terre.

Au centre-ville, Jack et la Grande Sauterelle s'étaient
fait une amie: une vieille femme qui jouait de la guitare
électrique et chantait des chansons pour gagner sa vie.
Elle s'installait du côté est de la rue Powell (le côté où il
y avait du soleil dans l'après-midi), en face du Woolworth,

sur une chaise pliante, et elle chantait de vieilles chansons, comme *The Kentucky Waltz* de Billy Munroe.

La femme avait une voix forte et grave, quoiqu'un peu enrhumée, et comme sa guitare était branchée sur un petit haut-parleur, on l'entendait d'assez loin et beaucoup de gens s'arrêtaient un moment et jetaient des pièces de monnaie dans l'étui de sa guitare. Jack et la fille s'assoyaient sur le trottoir pour l'écouter. Entre deux chansons, elle leur racontait comment les choses se passaient autrefois, dans l'Est, lorsqu'elle faisait partie d'un groupe de musiciens. Elle disait qu'elle chantait maintenant pour réchauffer le cœur des hommes et des femmes qui, un jour, avaient possédé une maison, des parents et des amis quelque part sur le vaste territoire de l'Amérique et qui, après avoir tout perdu, avaient été emportés par le courant et étaient venus échouer sur les bords du Pacifique.

Ils aimaient cette femme pour ses chansons et pour les choses qu'elle racontait, mais aussi pour une autre raison : elle avait vu Théo. Un jour, l'homme lui avait fait voir la photo de son frère et elle avait dit qu'elle le voyait de temps en temps. Mais elle n'était pas sûre que ce fût lui parce qu'il avait les cheveux gris au lieu d'être noirs.

Un après-midi, tandis que la Grande Sauterelle se promenait dans les rues voisines, Jack était assis au bord du trottoir et discutait avec la vieille femme. Elle parlait encore du temps passé. Elle disait que le vieux Billy Munroe était son héros.

— Don't talk to me about heroes ! dit l'homme.

— Why ? fit-elle.

— I've travelled a long way and all my heroes...

Il ne termina pas sa phrase, car la Grande Sauterelle

arrivait en courant. Le chat était agrippé à son épaule et il avait les oreilles tout aplaties.

— Il est là ! cria-t-elle.

— Qui ? demanda Jack.

— Théo ! dit-elle. Il est là. Je viens de le voir.

Elle pointait son doigt vers le coin de Powell et Market. Elle était essoufflée.

Jack se leva, très énervé.

— Quoi ? Vous l'avez vu ? Où ça ? Êtes-vous sûre ? Ça fait combien de temps ? Lui avez-vous parlé ?

Lorsqu'elle eut repris son souffle, la Grande Sauterelle répondit qu'elle venait juste de le voir. Elle ne lui avait pas parlé, elle était venue immédiatement. Il était dans l'espèce d'amphithéâtre, en face de la station de métro. Dans la galerie du milieu. Assis sur un banc.

— What's going on ? demanda la vieille femme, mais personne ne lui répondit.

— Bon, j'y vais tout de suite, dit Jack.

Il partit en courant, puis il s'arrêta et revint.

— Vous m'attendez ici ? demanda-t-il à la fille.

— Mais oui, dit-elle.

Elle l'embrassa sur la joue et lui donna une petite poussée amicale. Il fit deux ou trois pas... et il revint encore. Il lui remit les clefs de la chambre d'hôtel.

— Vous pouvez en avoir besoin, dit-il.

— Merci.

Il s'adressa ensuite à la vieille femme :

— Excuse me, I have to go and see somebody over there.

— That's all right, dit la vieille.

— He's my brother.

— Sure, dit-elle en souriant. He's your brother.

La Grande Sauterelle lui donna une autre petite poussée.

— Vous passez votre temps à me donner des poussées, dit-il, et cette fois il partit pour de bon.

Il courut sur le trottoir, puis il traversa la rue en évitant de justesse un *cable car*, il contourna l'étalage d'un fleuriste et, se frayant un chemin dans la cohue des gens qui se croisaient au coin de Powell et Market, il s'approcha de la station de métro. Il se pencha au-dessus du garde-fou en cuivre qui entourait l'amphi-théâtre.

La galerie du milieu?... Mais non, il n'était pas là.

Les bancs étaient tous occupés, mais il ne voyait pas Théo.

Il le cherchait partout des yeux.

Tout à coup il le vit : il avait les cheveux gris, il avait l'air d'un vieux bonhomme, mais c'était bien lui !

C'était Théo !

Il était assis sur un banc avec d'autres personnes dans la galerie du milieu, et il se chauffait au soleil. Il était à l'abri du vent. Il avait vraiment les cheveux très gris. Presque blancs. Les yeux mi-clos à cause du soleil, il regardait ce qui se passait en bas.

Et en bas, au centre de l'espace libre qui se trouvait en face de la station de métro, il y avait un attirail de cirque : plusieurs caisses en bois, des unicycles, des quilles, des torches, des chapeaux hauts de forme, des instruments de musique. On pouvait lire, en grosses lettres sur une des caisses :

LOCOMOTION VAUDEVILLE

Les gens qui sortaient du métro s'assoyaient dans les marches de l'escalier ou par terre. Jack fit un signe de la main à son frère, mais Théo ne regardait pas dans sa direction. D'ailleurs, il y avait de plus en plus de monde, non seulement en bas, mais aussi dans la galerie du milieu et en haut autour du garde-fou en cuivre.

Maintenant il ne restait plus de place en bas.

Il valait mieux rester en haut.

Ne pas perdre Théo de vue.

Un clown venait juste d'arriver. Il n'avait pas de maquillage, mais c'était écrit « Bounce the Clown » sur son T-shirt. C'était un homme de courte taille, sans âge ou peut-être dans la quarantaine ; il avait le crâne dégarni et quelques cheveux en balai sur le côté de la tête. Il faisait tourner un ballon sur son doigt. Il se mêlait aux spectateurs et parlait avec eux. Quand il voyait un enfant, il lui demandait de lever un doigt en l'air et, faisant tourner le ballon un peu plus vite, il le plaçait en équilibre sur le doigt de l'enfant.

Deux autres comédiens étaient arrivés, un homme et une femme, et ils jonglaient avec des quilles. La femme, très mince, était vêtue d'un costume multicolore ; elle souriait. L'homme avait l'air très sérieux et il portait un costume noir.

Théo était sérieux, lui aussi. Il restait immobile et son visage était imperturbable. Jack regardait les comédiens, mais il surveillait son frère du coin de l'œil. Il sentit une main sur son coude : c'était la Grande Sauterelle.

— Ça m'énervait trop d'attendre, dit-elle.

— Vous avez bien fait de venir, dit-il en lui faisant une place le long du garde-fou. Je n'osais pas descendre : il y avait trop de monde et j'avais peur de le perdre de vue. J'avais peur qu'il s'en aille. Ça va être plus facile à deux.

Ils mirent au point une stratégie. À la fin du spectacle, la fille allait descendre par l'escalier tandis que Jack resterait en haut pour la prévenir au cas où Théo déciderait tout à coup de partir et de prendre le métro ; une fois qu'elle serait rendue à la galerie du milieu, elle continuerait la surveillance et Jack irait la rejoindre.

Devant la station de métro, en bas, le comédien vêtu de noir était maintenant juché sur un unicycle qui mesurait plus de deux mètres de hauteur. Par-dessus son chandail noir, les deux autres lui avaient passé une camisole de force et lui avaient donné vingt secondes pour se dégager. Les spectateurs criaient : « Twenty !... Nineteen !... Eighteen !... » et le comédien se contorsionnait pour libérer ses bras tout en s'efforçant de rester en équilibre sur l'unicycle. Au moment où il ne restait plus que cinq secondes, il détacha comme par miracle les courroies de la camisole, fit voler celle-ci par-dessus sa tête et sauta à terre pour saluer la foule qui applaudissait.

Le spectacle était terminé.

Le temps était froid et humide parce que le brouillard était revenu comme tous les jours en fin d'après-midi.

— Faut que je descende tout de suite, fit la fille.

Mais elle resta figée sur place.

Jack était frappé de stupeur, lui aussi.

Quelque chose d'étrange se passait dans la galerie du milieu. Les hommes qui étaient assis de chaque côté de Théo... ils s'étaient levés, ils avaient pris quelque chose derrière le banc. C'était un fauteuil roulant...

Tout à coup les deux hommes installèrent Théo dans le fauteuil roulant. Ils se penchèrent et soulevèrent

Théo pour monter l'escalier. Ensuite l'un d'eux poussa
le fauteuil vers une fourgonnette garée un peu plus loin
en bordure de la rue Market.

— Venez! cria la fille.

Elle se mit à courir sur le trottoir en zigzaguant
parmi les passants. Elle était rendue près de la fourgonnette et elle parlait avec les deux hommes lorsque Jack
la rejoignit. Une rampe escamotable avait été sortie du
véhicule et un des deux hommes s'apprêtait à pousser le
fauteuil roulant à l'intérieur.

— One moment please, fit la fille.

Elle prit les deux hommes par le bras et ils consen-
tirent de mauvais gré à s'éloigner de quelques pas avec
elle.

Jack se plaça devant le fauteuil roulant.

Son frère ne levait pas la tête, alors il s'accroupit en
face de lui pour être dans la ligne de son regard.

— Théo? fit-il doucement.

Les yeux de son frère étaient fixés sur lui et il y avait
une sorte d'interrogation muette dans son regard, mais
le reste du visage était dénué de toute expression.

Il lui toucha la main.

Théo n'eut aucune réaction. Il avait les cheveux gris
et une barbe plus blanche que grise. Il portait un
survêtement, des souliers de jogging et un gros chandail
noir à col roulé; le col était vraiment très épais.

Il haussa la voix:

— C'est Jack! C'est ton frère!

Les yeux de Théo se plissèrent comme s'il faisait un
effort pour comprendre. Ses joues étaient creuses et il
avait des plis de chaque côté de la bouche et des poches
sous les yeux. Des touffes de poils gris lui sortaient du

nez et des oreilles. Il remua les lèvres et un peu de salive coula au coin de sa bouche.

Jack prit un kleenex dans la poche de ses jeans et essuya la salive. Théo eut un mouvement de recul et, d'une voix tremblante :

— I don't know you, dit-il.

Pendant un long moment, Jack demeura interdit. Ensuite il saisit Théo par les bras et il le secoua en criant :

— THÉO! C'EST MOI! C'EST TON FRÈRE!

Quand ils entendirent les cris, les deux hommes se précipitèrent et l'un d'eux s'occupa de rassurer Théo.

— Everything's all right, lui dit-il à plusieurs reprises et il poussa le fauteuil roulant à l'intérieur de la fourgonnette. L'autre homme fit comprendre à Jack que les personnes handicapées étaient très sensibles et qu'on devait leur parler doucement, surtout dans les cas où elles étaient atteintes de paralysie. Jack dit qu'il s'excusait. Il demanda à l'homme de lui dire tout ce qu'il savait au sujet de cette histoire de paralysie, et première-ment quel était le nom exact de la maladie. L'homme répondit qu'il n'était qu'un bénévole et que la question dépassait sa compétence ; son collègue, toutefois, était un travailleur social.

Avant de répondre, le travailleur social eut soin de refermer la porte coulissante de la fourgonnette. Il commença par dire que chaque patient avait un dossier médical à l'agence et qu'on pouvait obtenir des ren-seignements en s'adressant au médecin. Comme tout le monde pouvait le voir, le nom et l'adresse de l'agence, qui se spécialisait dans l'aide aux personnes handicapées, apparaissaient sur la porte coulissante de la fourgon-nette. Ensuite il fit un effort pour se rappeler le nom exact de la maladie :

— They call it *creeping paralysis*, dit-il finalement.

— *Creeping ?* répéta Jack.

L'homme fit signe que oui.

Jack regarda la Grande Sauterelle. Dans les yeux inquiets de la fille, il vit passer la même image que le mot « creeping » avait fait surgir dans sa tête : l'image d'un homme rampant sur le sol comme un insecte.

Il n'eut pas la force de protester lorsque le travailleur social fit observer que l'heure était venue pour lui et son collègue de rentrer à l'agence avec leur passager.

33

LA GRANDE SAUTERELLE

Ce matin-là, pour une fois, il y avait du soleil sur la baie de San Francisco. Pendant qu'ils roulaient sur la 101 en direction de l'aéroport, la fille disait qu'elle se souvenait du soleil qu'il faisait sur la baie de Gaspé, au mois de mai, le jour où ils s'étaient connus.

— Je m'en rappelle, dit Jack. C'était une belle journée.

— Oui, je m'en allais à Gaspé pour voir ma mère...

Ils étaient en avance et la fille conduisait lentement.

— Ce jour-là, dit-elle, je ne pensais pas que je me rendrais à San Francisco.

— Moi non plus, dit l'homme.

— Je vais prendre soin du Volks, c'est promis.

Elle était très contente que Jack eût décidé de lui laisser le Volkswagen. Elle allait quitter l'hôtel et vivre dans le minibus parce qu'elle n'avait pas beaucoup d'argent. Elle voulait rester un certain temps à San

Francisco: elle pensait que cette ville, où les races semblaient vivre en harmonie, était un bon endroit pour essayer de faire l'unité et de se réconcilier avec elle-même.

— De toute façon, vous n'êtes pas née dans une maison mobile ou quelque chose comme ça? demanda Jack.

— Une roulotte, dit-elle.

L'homme consulta sa montre, mais c'était un geste machinal : il restait au moins une heure et demie avant le départ de son avion pour Montréal.

— Et puis vous êtes mécanicienne... C'est mieux que le Volks soit avec vous plutôt qu'avec moi. Il est tellement vieux.

— Un de ces jours, peut-être que je le ramènerai chez vous, dit-elle.

— Il a dépassé le cap des deux cent mille kilomètres, dit l'homme.

— Oui, mais il est encore solide.

— Vous n'êtes pas obligée de le ramener.

— Je sais.

Ils en avaient déjà parlé. Ils avaient parlé du Volks et de tout ce qui était important, deux jours plus tôt, en revenant de l'agence qui s'occupait des handicapés. Le médecin leur avait dit que la paralysie de Théo était progressive et que personne n'y pouvait rien. Sa mémoire était atteinte et il ne savait plus très bien qui il était, mais avec les soins compétents et attentifs qu'on lui prodiguait, il n'était pas malheureux ; en fait, il était aussi heureux qu'une personne pouvait l'être dans les circonstances. En essayant de faire ressurgir le passé, on risquait d'aggraver son état.

Jack prit le chat noir dans ses bras.

— Vous pensez toujours à Théo ? demanda la fille.

— Je... l'idée qu'il vaut mieux ne pas revoir mon frère... j'ai accepté cette idée tellement vite que... maintenant je me demande si j'aimais vraiment Théo. Peut-être que j'aimais seulement l'image que je m'étais faite de lui.

Il haussa les épaules et, sur un ton mi-sérieux :

— Il va falloir un beau jour que j'apprenne comment ça marche, les rapports entre les gens, dit-il.

— Vous pourriez en parler dans un livre, suggéra-t-elle sur le même ton.

— Comment ça ?

— Vous avez déjà dit que l'écriture était une forme d'exploration, non ?

— Moi, j'ai dit ça ?

— Oui. C'était à la frontière. Entre Windsor et Detroit.

La Grande Sauterelle ralentit subitement et, laissant la 101, elle tourna à gauche pour prendre la route de l'aéroport.

— Il y a une phrase de Daniel Boone que j'aime beaucoup, dit-elle en conduisant le minibus vers un parking. Je ne me souviens pas où j'ai lu ça, mais il disait : « Je me sens parfois comme une feuille sur un torrent. Elle peut tournoyer, tourbillonner et se retourner, mais elle va toujours vers l'avant. »

Jack ne fit aucun commentaire. Lorsqu'elle eut garé le Volks et coupé le contact, il dit à la fille qu'il préférait entrer seul dans l'aérogare.

— Ça va faire une grande place vide dans le Volkswagen, dit-elle.

L'homme caressa le chat sur le haut de la tête, puis derrière les oreilles et sous le menton.

— Vous allez probablement rencontrer quelqu'un, dit-il.

— En général, j'aime mieux être toute seule.

— Moi aussi.

Il se tourna vers elle :

— Et pourtant on est restés ensemble tout l'été.

— On ne peut pas toujours être logique ! dit-elle.

Alors ils se serrèrent l'un contre l'autre, assis au bord de leur siège, les genoux mêlés, et ils restèrent un long moment immobiles, étroitement enlacés comme s'ils n'étaient plus qu'une seule personne. Ensuite Jack prit la petite valise qu'il avait préparée et il sortit du Volks, et la fille remit le moteur en marche. Lorsqu'il se retourna pour la saluer, elle dit :

— Que les dieux vous protègent !

Il agita la main jusqu'à ce que le Volks eût disparu, et lorsqu'il entra tout seul dans l'aérogare, il souriait malgré tout à la pensée qu'il y avait, quelque part dans l'immensité de l'Amérique, un lieu secret où les dieux des Indiens et les autres dieux étaient rassemblés et tenaient conseil dans le but de veiller sur lui et d'éclairer sa route.

FIN

COMPOSÉ AUX ATELIERS
GRAPHITI BARBEAU, TREMBLAY INC.
À SAINT-GEORGES-DE-BEAUCE

Achevé   Imprimerie
d'imprimer Gagné Ltée
au Canada Louiseville
Réimpression 1990